To the Lighthouse

到灯塔去

[英] 弗吉尼亚·伍尔夫 著　蒋诗萌 译

北方联合出版传媒（集团）股份有限公司

万卷出版公司

ⓒ 弗吉尼亚·伍尔夫　2021

图书在版编目（CIP）数据

到灯塔去 /（英）弗吉尼亚·伍尔夫著；蒋诗萌译. —
沈阳：万卷出版公司，2021.9（2022.6重印）
ISBN 978-7-5470-5695-0

Ⅰ.①到… Ⅱ.①弗… ②蒋… Ⅲ.①长篇小说—英
国—现代 Ⅳ.①I561.45

中国版本图书馆CIP数据核字（2021）第158533号

出 品 人：王维良
出版发行：北方联合出版传媒（集团）股份有限公司
　　　　　万卷出版公司
　　　　　（地址：沈阳市和平区十一纬路25号　邮编：110003）
印 刷 者：辽宁新华印务有限公司
经 销 者：全国新华书店
幅面尺寸：145mm×210mm
字　　数：220千字
印　　张：8.5
出版时间：2021年9月第1版
印刷时间：2022年6月第2次印刷
责任编辑：王　越
责任校对：张兰华
封面插图：smd
装帧设计：李英辉
ISBN 978-7-5470-5695-0
定　　价：39.80元
联系电话：024-23284090
传　　真：024-23284448

目　录
Contents

第一部　窗

1

"当然没问题，如果明天是个好天气的话，"拉姆齐夫人说，"不过你可得和云雀起得一样早。"她补充道。

这番话让她的儿子詹姆斯·拉姆齐异常欣喜，好像他期盼已久的征程终于要开始了，只要再经过这一个夜晚的等待和明天一天的航行，他在这件事上的憧憬就都要实现了。詹姆斯虽然才六岁，但却已经显露出一些专属于某一类人的伟大特质——他们的情感倾注于某件事上，把对这件事未来或欢乐或忧伤的预期和当下的生活杂糅在一起。对这类人而言，如果他们的童年情感像一辆车，那么车轮的任何一次转向时刻都会被定格，当时的悲喜都会永久留存。小詹姆斯此时正坐在地板上，剪着陆海军商店商品图册上的插图，当他的母亲用天使般的温柔语气说这句话时，他正在处理一张冰箱的图片，于是，这张图片都被感染上了快乐的色彩。花园里独轮推车在嘎吱作响，割草机轰隆隆地在工作，白杨树沙沙低语，叶子在风雨来临前变得苍白，白嘴鸦在哇哇乱叫，扫帚摩擦着地面，衣裙走动时发出窸窣声，这一切在他幼小的心灵中都是如此丰富多彩又不同寻常，他为它们都编制了自己的暗码，秘密的语言。他的前额饱满，湛蓝又清澈的眼睛流露着天真和纯洁，却摆出一副严肃的神色，在看到人类的弱点时总会微蹙双眉。此刻，他的母亲看着他拿着剪刀，沿着这幅冰箱插图的边缘利索地剪着，不由得想象他身着法官袍，严肃地坐在审判席上，或是正指导着一项严峻的、处在危机中的重大公共事务。

"不过，"他的父亲走了过来，停在客厅的窗户前面说道，"明天天气不会好的。"

如果这时身边有一把斧头，一根拨火棒，或者任何能往父亲胸膛戳个洞，并把他杀死的武器，小詹姆斯都会毫不犹豫地抓起它。拉姆齐先生只要一出现，就会在孩子们心中激发起这种强烈的极端情绪。他现在正站在那儿，歪斜的身躯瘦得像一片刀刃，他咧着嘴，带着一种挖苦的笑容，令儿子失望、使妻子显得愚蠢会让他很开心，尽管（詹姆斯认为）她在各方面都比他强上一万倍。此时，他还暗自为自己准确的判断而感到满意。他说的都是对的，他说的总是对的。他从来不说假话，从来不歪曲事实，从来不会为了让一个人听着高兴或顺耳，就避免一些不中听的言辞，尤其是对他自己的孩子们，他的这些亲骨肉在孩提时期就应该知道生活是艰难的，事实是不可改变的，要去往那传说中的世界，在那里，最明亮的希望之火也会熄灭，我们微弱的声音会湮灭在一片黑暗之中（说到这里时，拉姆齐先生会挺直脊背，眯起他蓝色的小眼睛眺望远方的地平线），一个人最重要的品质，是勇气、真实和耐力。

"不过也许天气会好——我预料会是个好天气。"拉姆齐夫人一边说，一边不太耐心地扭正她正在织的一只红棕色袜子。如果她今晚能够织完它，如果他们明天能够到灯塔去，她就可以把它带给灯塔看守人的小男孩，那个可怜的小男孩患有髋关节结核；他们还会连带捎着一叠旧杂志和一些烟草，只要她发现什么东西搁在家里碍事了，便会拿去给那些可怜人，也许他们并不需要这些，不过至少能带给这些人一些打发时光的乐趣。他们在小岛度日，一定无聊极了，整天无事可做，只能擦擦油灯，剪剪灯芯，给自己的那一小块花园松松土来打发时光聊以度日。如果是你，被封闭在网球场一样大小的岛上，一待就是一个月，在暴风雨的季节或许时间还会更久，你会感觉如何呢？她会这么问。没有书信和报刊，见不到任何访客；如果你已经结婚了，见不到自己的妻子，也不知道自己的孩子们近况如何，他们是不是生病了，是否从什么地方摔下来把胳膊或腿给摔坏了；与你为伴的只有那日复一日乏味的海浪，然后一场凶猛的暴风雨来临了，浪花扑打着窗户，惊慌的鸟儿扑腾着翅膀撞向灯塔，整个世界都在摇摇晃晃，你只能躲在屋子里，连头都不敢探出门外，生怕一个海浪把你卷进海里，你能想象这样的生活吗？她问道，然后特意转向女儿们，最后又补充道，所以要尽力带给他们一些慰藉。

"风向是朝西的，"塔斯莱说道，这个无神论者正张开他干瘦的手掌，好让风从指缝间穿过；正是傍晚时分，他和拉姆齐先生在室外的露台上来回散步。也就是说，风向是最不利于明天登塔的。是的，他总说些令人扫兴的话，拉姆齐夫人想着，他这样火上浇油可真是够讨厌的，这让小詹姆斯更加失望了。但是尽管这样，她也不允许任何人嘲笑这个塔斯莱。他们称他为"那个无神论者""那个渺小的无神论者"。露丝嘲笑他，普鲁捉弄他，安德鲁、贾斯帕和罗杰也拿他取乐，甚至连那条没牙的老狗贝杰都咬过他，而这一切都因为他是（按照南希的说法）第一百一十个追着他们来到赫布里底群岛的年轻人，要是一家人能清净地过日子可就太好了。

"一派胡言。"拉姆齐夫人正色说道。虽然孩子们这种夸张的说话方式都是跟她学来的，言下之意（事实确实也是这样）她邀请了太多的客人来家里，以至于有些人甚至要住到外面去，但是她还是不能容忍孩子们对她的客人无礼，尤其是对年轻的男子们，他们就像教堂里的老鼠一样一贫如洗，但用她丈夫的话说却"非常有才华"，这些人都是她丈夫的崇拜者，来到这里是要一起度过假期的。她的确庇护着这个家中所有的异性，她也说不清自己这样做的原因，也许是因为他们殷勤体贴、英武勇敢，也许是因为他们在商谈重要的条约，统治印度，控制金融，最重要的还是因为他们对自己的这种态度，这是一种任何女人都无法抗拒的舒服感受，他们就像孩子一样对她充满信任又带有敬意；她这样上了年纪的女人可以不失面子地接受这一切，不过要是年轻姑娘们可就要小心了——上帝保佑她的女儿们可不要陷进去！不过，一个少女是不会刻骨铭心地感觉到这些珍贵情感的价值的！

　　于是，她严肃地转向南希说道，他不是追着他们来到这里的，他是被邀请到这儿的。

　　得想个办法解决这些问题。也许有更简单的办法，更省力的办法，她叹了口气。每当她对着镜子，看到自己头发灰白，脸颊深陷，她就会想，自己已经五十岁了，也许本可以把一切照管得更好些，比如她的丈夫、家里的钱财和丈夫的藏书，等等。但是对于关系到她自己的一切事情，她从没有后悔和遗憾过，她从不逃避困难，亦不会糊弄了事。此刻，在她说完了关于查尔斯·塔斯莱的一席话后，她的女儿普鲁、南希和露丝把目光从餐盘上移开，抬起头来望着母亲，她看起来有点让人望而生畏，沉默让她显得愈发严肃。女儿们现在只能暗自嘀咕着对塔斯莱的嘲笑，她们并没有这些正统的想法，因为她们是在和她不同的生活环境中长大的，也许是因为在巴黎的生活的缘故吧，她们的思想更加开放；女主人并非总是要照顾某些男人或其他的人，她们对于礼节性的尊重和所谓的绅士风度在心中默默地打着问号，对于不列颠银行和印度帝国，对于男子手指上的指环和饰有花边的考究服装都并不太在意，尽管这一切对她们而言都有一种本质上非常华美的东西存在，它唤起了她们少女心中的一种名叫男子气概的东西。因此，她们在母亲的注视下，端正地坐在桌前，格外尊重母亲这奇怪的严肃态度和她夸张的待客之道，当母亲严厉地告诫她们这个可怜的无神论者是一路尾随着——更准确地说，是被邀请来和他们一起来到群岛时，她们就好像看到一位高贵的王后从泥巴里抬起一个乞丐肮脏的脚来为他清洗干净。

　　"明天我们不会到灯塔去的。"查尔斯·塔斯莱"啪"的一声拍拢双手说，他正和拉姆齐先生一起站在窗前。真是的，他说的也不少了。她真希望这两个家伙能够别再烦扰自己和小詹姆斯，谈些别的话题。她看着他。孩子们说他是一个丑陋的怪物，含胸弓背，连板球都不会玩，总是胡乱地拨来挡去。安德鲁说，他是一个专爱讽刺人的粗野家伙。他们知道他的爱好是什么，那就是永远地和拉姆齐先生一起走上走下、走下走上，谈论着谁获了这个奖，谁又获了那个奖，谁在拉丁诗文方面是一流的人才，谁"非常出色，但他的基础理论还是不够完善"，谁毫无疑问是"牛津大学贝利奥尔学院最具才华的家伙"，谁正暂时在布里斯托大学或者贝德福德大学韬光养晦，但只要不久后他为某篇关于数学或哲学的学位论文所做的序言一经发表，便一定会名声大噪，如果拉姆齐先生有兴趣拜读，他这里正好有这则序言的前几页。这就是他们谈论的内容。

有时候她想起来塔斯莱先生的说话方式也不禁莞尔。有一天，她说了句类似"海浪滔天"的话。是的，塔斯莱先生说道，风浪是有些大。"您是不是浑身都湿透了？"她问道。"衣服潮了，但没湿透。"塔斯莱先生回答道，一边拧着袖子，一边又去摸他的短袜。

但孩子们说他们介意的，既不是他的长相，也不是他的言行举止，而是他这个人自身——他看问题的观点。每当他们在谈论一些有趣的事情时，比如人物、音乐、历史，或其他什么事时，哪怕说今天傍晚天气不错，为什么不在户外坐一会儿，这个塔斯莱都会想办法插进来，唱反调，从而突出自己，贬低其他人。如果不用那种吹毛求疵的尖酸方式把每个人都放在他言语的刀刃上滚一遍，他是不会满意的。他去画廊参观时，甚至会问别人是否喜欢他的领带。上帝知道，露丝说，别人才不喜欢呢。

晚餐一结束，拉姆齐夫妇的八个孩子就像小鹿一样悄然离开餐桌，溜进了卧室，这里是他们可以畅所欲言的小天地，这个家里再没有其他隐蔽的地方可供他们谈论家中发生的各种事情：塔斯莱的领带、1832 年的英国议会选举法修正案、海鸟和蝴蝶、他们熟悉的人们。孩子们的卧室位于房子的顶楼，每间卧室只一板之隔，因此连别的房间里的脚步声都可以听得清清楚楚，当他们在谈论这些事时，隔壁房间的瑞士姑娘正在为自己远在瑞士格立森山谷里身患癌症的垂死老父而啜泣。阳光洒进来，照亮了房间里的球拍、法兰绒衣裤、草帽、墨水瓶、颜料罐、小甲虫和小鸟们的小脑壳，也照着挂在墙上的长长的、带褶边的海草上，使它们散发出一股盐腥气和水草味，海水浴时用过的还沾着沙粒的毛巾上也有这种气味。

冲突、分歧和偏见交织在人生之布的每一缕纤维之中，这些孩子们这么早就开始经历这些了，想到这里，拉姆齐夫人叹了口气。她的孩子们实在太喜欢评头论足了，他们胡乱评说，荒唐透顶。她一边想着，一边拉着小詹姆斯走出餐室，因为他不愿意掺和哥哥姐姐们的议论。对于她来说，那些人为地制造出来的分歧实在太荒谬了，天知道，人们之间存在的分歧本就已够多了。而那些真正存在的不同，她站在客厅的窗前想，已经够多了，真的够多了。此时，她头脑中浮现出贫富差距和尊卑有别；她一半怨恨、一半崇敬地想起了子女从她这里继承的高贵血统；她的身体里流淌着略带神秘色彩的意大利贵族的血液，这个家族的女儿们在十九世纪散布于英国各贵族的家庭里，作为女主人在客厅接待宾客，或呢喃轻语，或狂野奔放，她的智慧、毅力和性情都来自她们，而不是那些懒散的英国人或冷漠的苏格兰人；但是，她在深思的是另外一个问题——关于贫富差距的问题，这是她每天、每周都目睹的事实，发生在这里或伦敦。每当她挎着一只手提包，亲自去拜访某个寡妇，或某个为生存而挣扎的妻子时，她都会带上一个笔记本和一支钢笔，在本子上仔细地分栏记录下她们的情况：是否有收入，生活的开支是多少，有工作还是处于失业状态。她希望自己能够不再是一个私人慈善家，她所做的事情一半是为了安抚自己的同情心，一半是为了满足自己的好奇心。她希望有朝一日能成为一位调查专家，阐明一些社会问题，在她那不谙世故的心中，对于这个身份异常推崇。

这些问题好像永远也解决不完，她站在那里，拉着小詹姆斯的手想。那个被孩子们嘲笑的年轻人跟着他们来到了客厅，他站在桌子旁边，局促不安，心神不宁地摆弄着什么东西，他肯定很不自在，拉姆齐夫人不用回头看就知道。所有的人都离开了，孩子们走了，敏泰·多伊尔，保罗·雷莱，奥古斯都·卡迈克尔，她的丈夫，这些人都离开了。于是她叹了口气，转身问道："塔斯莱先生，可否劳烦您陪我出趟门呢？"

她要去城里办些琐碎的差事；她先要写一两封信，大概十分钟就好；她要戴上帽子。十分钟后，她提着篮子、撑着阳伞出现了，给人一种已经为一次出游做好了准备的感觉，不过，在经过网球场时，她必须要停留一下，问问正在晒太阳的卡迈克尔先生是否需要捎回些什么东西，他那双猫咪一样的黄眼睛半闭着，也似乎像猫眼一样能映出摇动的树叶和飘过的云朵，却看不出丝毫内在的思想或感情。

他们要进行一次远征，她大笑着说道。他们要去城里。"邮票？信纸？烟草？"她站在卡迈克尔先生身旁问道。不过他什么也不需要。他的双手合在一起，放在大肚子上，眼睛眨了眨，好像想友好地回答这些善意的问候（她很有魅力，不过有一点儿紧张）却又做不到。他就像沉浸在灰绿色的令人昏昏欲睡的状态中，没有任何言语，只怀着一副善意的心肠，倦怠地注视着远处的屋子，注视着整个世界，也注视着人们。在午饭时，他往自己的杯子里倒了几滴不知什么的药水，孩子们由此认为，这就是为什么他原本像牛奶一样纯白的小胡子会染上一缕像金丝雀羽毛那样明艳的黄色。不要，什么也不需要，他咕哝着。

他本可以成为一名伟大的哲学家，拉姆齐夫人一边说，一边沿着小路向小渔村的方向走去，但是他缔结了一桩不幸的婚姻。她笔直地撑着黑色的阳伞，脸上带着一种若有所盼的表情，就好像她马上要在转角处遇到某个人似的。她讲述了卡迈克尔先生的故事：他在牛津和一个姑娘坠入情网；早早地结了婚；生活困窘；去了印度；翻译了一首小诗，"我相信那很美"；他想给男孩子们教授一些波斯语或印度斯坦语，但这些学问有什么真用处呢？现在的他就像他们刚看到的那样，躺在草坪上。

这些话让塔斯莱很受用，他一向被冷落惯了，拉姆齐夫人跟他说这些私密的事，让他的内心很受慰藉。查尔斯·塔斯莱现在觉得自己充满了活力。拉姆齐夫人很尊崇男人的知识分子身份，她在暗示即使一个男人境遇不佳，其妻子都应该顺从丈夫——她并不是责备那位姑娘，而且相信他们的婚姻是很幸福的——支持丈夫的工作。她的话让他的自我感觉更加良好了，他现在想着，如果他们叫了一辆车，他愿意为她付车费。她自己拎着一个小手提包，他可以为她提包吗？不，不，她说，她一直都是自己拎着它。她也确实是这样做的。是的，他觉得她确实是这样的。他思绪纷纷，某样东西让他感到很激动，又让他心烦意乱，他也说不上来是什么原因。他真希望有朝一日她能看到他穿戴着博士的长袍和帽子，跻身于学者的队列中，缓缓而行。他可以成为一名研究员，一名教授，他感到自己无所不能，他看到自己——可是她正在看什么呢？一个在贴广告画的男人。这幅在风中噼啪作响的巨型广告画被逐渐平贴到了墙上，随着刷子的挥动，鲜艳的大腿、大铁环、马匹显露了出来，闪烁着红色和蓝色的光泽，直到半面墙上都被贴上了这个马戏团的广告画：一百名马术师，二十只正在表演的海豹、狮子、老虎……她有点儿近视，所以伸长了脖子。"将来到这个镇上演出。"她大声念道。让一个只有一条胳膊的人就这样站在一架梯子上面实在太危险了，她惊呼道——两年前他的左臂被一台收割机轧断了。

"我们大家都去看吧！"她一边大声说道，一边往前走着，好像这些骑师和骏马让她的心里充满了孩子般的欣喜，并且忘记了对独臂男人的悲悯。

"我们去吧。"他说，重复着她的话，却是一个字一个字地往外蹦，他的语气很不自在，让她的表情一下子僵硬起来。"让我们去马戏团吧。"不。他说起来这么别扭。可是他为什么不能自然地说出这句话呢？她想。这对他来说有什么问题吗？在这会儿，她还是挺喜欢他的。难道他们在小时候没有去过马戏团吗？她问道。从来没去过，他回答。好像她终于问到了他想说的事情，好像他这么多天以来一直想说他们没有去过马戏团。他出生在一个大家庭，兄弟姊妹一共有九个，他的父亲有一份普通的工作。"我的父亲是个药剂师，拉姆齐夫人。他开着一家药店。"他自从十三岁起就自力更生了，冬天出门时常常连件长大衣都没有。在学校里，他从来没办法"回馈他人之款待"（这就是他干巴巴的原话）。他不得不让自己的物品使用时间比别人的延长一倍；他抽最便宜的烟草，那种切碎的粗长的烟，跟码头上那些老头子抽的一样；他工作很努力——每天七个小时；他现在研究的课题是某种事物对某一个人产生的影响。他们正在走路，拉姆齐夫人没能听懂他的意思，只是陆陆续续地听了些名词——论文、大学研究员、审稿人、一般讲师。她听不懂这些源源不断地从他嘴里往外冒的无趣的学术名词，但她对自己说，她终于明白了为什么去马戏团这件事会让他受到如此刺激——这个可怜的男人——以及他为什么一下子说出关于自己父母亲、兄弟姐妹的这些事来；她想以后不能让他们再嘲笑他了，她要跟普鲁说下这个事情。她猜，他可能更愿意同别人谈起他同拉姆齐夫妇一起去看了易卜生的戏剧，而不是去了马戏团。他是个一本正经的家伙，哦，是的，真是难以忍受的烦人家伙。他们现在已经到了镇上，走在主街上，载人马车在鹅卵石路上隆隆地驶过，他还在滔滔不绝地谈论着居民社会、教学、工人阶级、帮助我们自己的阶级、讲座，直到她认为他已经完全恢复了自信，从去马戏团的打击中走了出来，正准备（她现在又重新喜欢他了）告诉她——这时，路边的房屋都被他们抛在了身后，他们已经来到了开阔的码头上，整个海湾都一览无余地展露在面前，拉姆齐夫人情不自禁地感叹道："哦，多么美丽呀！"蓝色的海面一望无际，远方灰白色的灯塔在雾中若隐若现、朴实无华；在右手边，目之所及处，绿色的沙丘泛着轻柔的皱褶，表面覆盖的绿草随风而动，它们向远方延展着，就好像渐渐消失在一个杳无人烟的仙境之中。

这种景色，她停下脚步，目光变得忧郁起来，她说，正是她丈夫所喜爱的。

她停顿了一会儿。但是现在，她接着说道，艺术家们都会来这里。确实，离他们几步之遥的地方，就站着一个画家，他头戴巴拿马草帽，脚穿一双黄色靴子，表情严肃而温和，尽管有十来个小男孩在围观，他依然很专注，圆圆的红脸上一副投入而满足的神态，他凝视着眼前的美景，然后把笔尖在一堆绿色和粉红色的颜料中饱蘸一下。三年前，画家庞思福特来过这里写生，她说，从那以后所有的风景画都一模一样了——绿色和灰色的调子，柠檬黄色的帆船，海滩上是穿着粉色衣裙的女人。

但是她祖母的朋友们，他们走近画家时她瞧着画说道，可要费大力气；他们先要把颜料混合，然后自己研磨，之后再盖上块湿布，好使颜料保持潮湿。

于是，塔斯莱先生寻思，她是想让他明白这个画家的画还差那么点儿意思，人们是这么说的吧？色彩不够连贯？大家都是这么说吧？有一种奇异的感情正影响着他，这种感情在这次散步中不断发展，萌芽于在花园中他想要替她拎包的时候，到了镇上他想要告诉她关于自己的一切时愈加强烈，他渐渐发觉自己的形象和他以前所熟悉的事物都有点儿不一样了。这可真是太奇怪了。

她把他带到一个简陋的小房子里，他现在站在这里的一层客厅等她，她要上楼一会儿去看望一个妇女。他听见了她上楼的轻快脚步声，听见了她欢快的声调变得低沉；他看着那些蹭鞋垫、茶叶罐和玻璃罩；他已经等得着急了；他急切地想和她一起走回家去，他决定替她拎着手提包；他听见她出来了，关了一扇门，她说他们应该开着窗户，把门关上，她对他们说有任何需要都可以提出来（她肯定是在对一个孩子说话）。这时，她突然出来了，沉默地站了一会儿（好像她刚才在楼上应酬了一番，现在她要花一点儿时间回归当下的感觉），她就这样在佩戴着蓝色缎带的维多利亚女王画像前默默地站着；此时此刻，他已然顿悟了：是的，是的，她是他见过的最美的女人。

她眼眸中有星子在闪亮，秀发上笼着面纱，手捧着仙客来和紫罗兰——他在胡思乱想些什么呢？她至少有五十岁了；她有八个孩子。她好像正从花丛中向他走来，胸前捧着凋谢的蓓蕾和迷途的羔羊；她的眼中有一片星海，发丝飞扬——他接过了她的手提包。

"再见，艾尔西。"她说。他们走向大街，她把阳伞撑得笔直，走路的样子就像她会在转角处遇见什么人，查尔斯·塔斯莱这辈子第一次有了一种不同寻常的骄傲感：一个正在挖排水沟的男人停下手里的活儿看她走过去，他垂下手臂看她；查尔斯·塔斯莱这辈子第一次有了一种不同寻常的骄傲感：他感受到了拂面的风，仙客来和紫罗兰的香气，因为他正在和一位美丽的女士同行。他在为她提着手提包。

2

"去不成灯塔了，詹姆斯。"他站在窗边颇为尴尬地说。但是为了表示对拉姆齐夫人的敬重，他想尽量让语气柔和些，至少好像有点儿友善的感觉。

可恶的年轻人，拉姆齐夫人想，为什么还要说这个呢？

3

"也许明天起床，你会看到阳光在照耀，鸟儿在歌唱。"她抚顺小男孩的头发，同情地说道。她看得出来，她丈夫刻薄地说天气不会好，已经彻底带坏了孩子的情绪。到灯塔去是这个孩子的一桩心愿，她知道。她的丈夫已经刻薄地说了天气不会好的，而现在，就像她的丈夫说得还不够似的，这个可恶的年轻人还要再过来火上浇油。

"也许明天会是个晴天。"她抚摸着男孩的头发说道。

她现在所能做的，就是赞赏一番詹姆斯剪下来的冰箱插图，再翻翻这个商品目录，看看有没有什么耙子或割草机的图片，这些图片上的叉尖和手柄需要极大的专注力和技巧才能剪好。这些年轻人都在拙劣地模仿她的丈夫，她思忖着，他说明天要下雨，他们就说明天无疑要有一场龙卷风。

　　但是现在，正当她翻阅这本图册，想找到一个耙子或是割草机时，却突然被打断了。窗外传来男人们粗声粗气的低语声，这种谈话声经常因烟斗从嘴里拿进拿出而中断，她虽然听不太清他们在谈论什么（因为她坐在靠露台一侧的窗边），但是她知道他们谈得很愉快；因为谈话声已经持续了半个小时，与此同时，萦绕在她耳边的还有其他声音——比如球拍和球碰撞发出的脆响，以及玩板球的孩子们突然发出的尖厉的叫喊："怎么会这样？怎么回事？"这时，这令她心安的声音停止了。海浪拍打海岸发出单调的声音，给她的思想打着有节奏的安抚拍子，此时她正坐在孩子们身边，这声音更像一首一遍一遍地重复着的古老摇篮曲，这是来自大自然的低声慰藉——"我在守护着你，我是你的后盾"；但是有的时候，当她的心思稍微不在手头处理的事情上时，这个声音便突然出乎意料地变得不再友好和温柔，它就像一串魔鬼般的鼓点，无情地敲打着生命的节拍，使人联想到海岛被冲毁，淹没在大海的漩涡里，警告她每天忙于一件件琐事的日子，就像彩虹一样转瞬即逝——这时的海浪声不再消隐在其他声音之下，而是像雷声一样突然在她的耳边隆隆作响，令她在恐惧的情绪中抬起头来。

他们停止了谈话，这就是原因。她在顷刻之间从紧张的情绪中解脱出来，仿佛瞬时收回了自己刚才那种没必要浪费掉的情感，却走进了另一个极端，她变得冷静，心情愉快，甚至还有些幸灾乐祸，于是她很快得出了结论：可怜的查尔斯·塔斯莱已经被她丈夫驳倒了。这对她来说无关紧要。如果她的丈夫需要牺牲品的话（他确实需要），她很愿意把查尔斯·塔斯莱贡献给他，谁让这个家伙冷落了她的小儿子呢。

她抬着头，又侧耳倾听了一阵，好像在等待一些熟悉的声音，一些规则的机械的声音。这时，她听到了一个有节奏的声音，半说半唱，这个声音从花园传来，随着她的丈夫在露台上来回踱步——这个声音既像是他在粗着嗓子说话，又像是一首歌。她的心再次得到了宽慰，确信一切都好后，便低下头看那本放在膝盖上的图册，终于找到了一幅六刃折刀的图片，詹姆斯需要非常细心才能把这幅图剪下来。

突然传来一声大喊，好像是一个半醒的夜游者发出的声音：

枪林弹雨中勇敢前行①。

这句话以最大的音量传入她的耳朵，让她不安地转过身子，看看还有没有别人也听到了她丈夫的喊声。她很欣慰地发现，只有莉莉·布里斯科一个，还好，没什么关系。但是看到这个女孩站在草坪边上画画的情景提醒了她，她应该尽可能让自己的脑袋保持同一个姿势，好让莉莉画画。莉莉的画！拉姆齐夫人笑了。她长着一双小眼睛和一张皱巴巴的脸，她可能永远也嫁不出去了；不能把她的画太当回事，她是一个有独立精神的小家伙，拉姆齐夫人因为这点很喜欢她，于是，想起了自己对莉莉的承诺，她低下了头。

4

真的，他直冲过来，手臂挥舞着，呼喊着"英勇前进，岿然不乱"②，几乎要撞翻她的画架。不过，谢天谢地，他急刹

---

① 出自阿尔弗雷德·丁尼生的诗歌《冲锋，轻骑营》（*Charge of the Light Brigade*）。该诗为1854年丁尼生为歌颂克里米亚战争中在巴拉克拉瓦袭击俄军的英国轻骑兵旅而作，那是一次自杀式的袭击，英军伤亡人数达到了247人。这是一篇赞美勇气和牺牲精神的诗篇。
② 同上。

住了脚步，转身离去了，莉莉想，他就像要在巴拉克拉瓦战役中慷慨赴死了一样。从来没有人像他这样滑稽又危险。但只要他还在这种手舞足蹈、大呼小叫的状态里，她就是安全的，他就不会停下来看她的画。莉莉·布里斯科无法忍受别人看她的画。即便她是在看着画布上的色块、线条和颜料，看着和詹姆斯一起坐在窗边的拉姆齐夫人，她感觉的触须也会探向周围，生怕有人悄悄靠近，突然盯着她的画看。而现在，她所有的感官都加倍活跃，她紧张地张望，墙的颜色和前方茄玛娜花跃入眼帘，她知道有人从房子里走出来了，朝她走来，从他的脚步声判断，他是威廉姆·班克斯，所以尽管她的画笔在颤抖，她并没有像对待塔斯莱先生、保罗·雷莱、敏泰·多伊尔或者任何其他人一样，把画翻过来放在草地上，她依旧让画立在画架上。威廉姆·班克斯站到了她的身旁。

他们俩都住在村子里，所以平时都会一起进出拉姆齐夫妇的房子，晚上在门口的蹭鞋垫上告别时，聊过一些琐碎的事情，比如汤、孩子们和其他的东西，这让他俩建立起了一种默契。所以，当他现在以一种评判家的姿态站在她身边时（他年纪大得足以做她父亲，他是一个植物学家、一个鳏夫，身上带着一股肥皂味，非常谨慎，十分干净），她就站在那里。他就站在那里。他发现，她穿的鞋子非常好，可以让脚趾自由地伸展。他和她住在同一栋房子里，他也注意到了她，她是一个多么有条理的人啊，总是在早餐前就起床出去作画，他相信她应该也是单身。他推测她应该很穷，当然，她没有多伊尔小姐肤色白皙、风姿绰约，但是她很通情达理，这就让她在他的眼里比那位年轻小姐更为出色。比如说现在，拉姆齐先生正在令人讨厌地对着他们一边大喊，一边指手画脚，他相信布里斯科小姐一定明白这是为什么：

有人因愚蠢而铸成大错①。

拉姆齐先生瞪着他们。他瞪着他们，却好像并没有看到他们。这的确让他们感到莫名的不舒服。他们一起看到了本不该看到的场景。他们侵犯了一个人的隐私。所以，莉莉寻思，也许这就是班克斯先生当即提议说感到有些冷，想走一走、活动活动的原因，他是要走到听不见拉姆齐先生吟诗的地方去。她会愿意去的，是的。但是她费了很大的劲儿才把目光从自己的

————————————————

① 这句诗也出自阿尔弗雷德·丁尼生的诗歌《冲锋，轻骑营》，在这次冲锋中，由于指挥官的错误命令，整个轻骑营全部覆灭。在小说中，此时班克斯先生和莉莉小姐无意间撞见了正沉浸在激情朗诵之中的拉姆齐先生，侵犯了他的隐私，也是"大错一桩"。

画上移开。

　　紫色的茄玛娜花鲜艳美丽，墙壁白得耀眼。她觉得，如果不如实地画出这种鲜艳的紫色和白色是不诚实的，因为眼见到的就是这样的颜色，虽然自从画家庞思福特来过这里后，把一切都画得苍白、优雅、半透明已成了一种时尚。在色彩之下还有形状。在她注视之时，可以如此清楚而准确地把握绘画对象，胸有成竹；但当她手里拿着画笔时，一切就都改变了。正当她要把心中的图像实现在那张画布上的一瞬间，就会冒出很多魔鬼来捣乱，经常折磨得她差点掉泪，她这个从构思到作品的过程，就像一个孩子要穿过一条漆黑的胡同一样令人感到害怕。这就是她平常的感觉，自己就是这样同可怕的失败概率做着斗争，来维持自己的勇气，她会告诉自己："可是，这就是我所见的样子。这就是我所见的样子。"她紧紧搂住那点儿可怜的、残存的印象，可是却有一千种力量在竭力把它们从她怀里夺走。也是在这种时候，同样令她忧虑和害怕的是，在她即将作画的时候，有些别的念头又会带着一身寒气来打扰她，比如她会意识到自己的能力不足，自己的无关紧要，她要为自己住在布罗姆顿路的父亲打理家务，同时还要一直控制住（谢天谢地，她到目前为止一直控制住了）自己总是想立刻飞奔过去扑倒在拉姆齐夫人脚下的冲动，她想对她说——但是对她说什么呢？"我爱上你了？"不，这不是真的。"我爱上这一切了。"同时把手挥向这片树篱、这座房子和这群孩子。这太荒谬了，这是不可能的。所以，现在她把画笔整齐地放回画箱中，对站在身旁的威廉姆·班克斯说："突然变冷了。太阳散发的热量似乎变少了。"她一边说着，一边环顾着四周，天还够亮，草地仍然是一片柔和的深绿色，房屋矗立在这一片点缀着紫色花朵的绿色草地上，显得十分醒目，白嘴鸦在蓝天中发出几声凄凉的叫声。那是什么东西正飞掠而过，在空中舒展着银色的翅膀。毕竟是九月份了，九月中旬，而且是晚上六点多了。于是，他们漫步到花园，沿着惯常的方向，穿过网球场，走过那片蒲苇地，走到茂密树篱的缺口处，这里用火红的栅栏围着，就像正在燃烧的炭火一样通红，在栅栏的缝隙间，可以看到海湾湛蓝的海水，仿佛比任何时候都更加湛蓝。在某种需要的驱使下，他们每个傍晚都会来到这里。好像海水能够使在陆地上变得愈发僵化的思想漂流起来，扬帆远航，并让他们的身体感到自然的放松。首先，海湾被蓝色的海水填满，这时人的心也随着一起舒展开，身体也好像在其中畅游，然而不一会儿，这种感觉会一下子被那黑色的惊涛所打断，令她黯然神伤。在那块黑色的大岩礁后面，几乎每个晚上都会喷射出一股清澈的泉水，但是因为不知道什么时间会涌出泉水，所以要在那里一直等待，当泉水喷涌而出时，真是令人喜悦；站在那浅白色的半圆形的沙滩等待喷泉时，还会看到层层海浪平缓地退却，好似一次次剥开珠母的薄膜。

他们两个人站在那儿，微笑着。他们都感到很快乐，这种感觉先是由那一波波的海浪传达给他们的，接着又是一艘行动敏捷的帆船，它在海湾中划下了弯曲的痕迹，然后停下来，船身摇晃着，降下帆；然后，出于一种天生要使这画面更加完整的本能，他们在看过了帆船迅速的航行后，双双望向远处的沙丘。可是，此时他们非但没有感到欣喜，反而被某种感伤所笼罩——因为所见之景与看景之人完全不搭调，好像远方的景物早就存在了一百万年（莉莉认为），早已和俯瞰着沉睡大地的苍穹在交谈了。

看着远方的沙丘，威廉姆·班克斯想起拉姆齐：他在威斯特摩兰的一条小路上徘徊着，独身一人，带着那种仿佛是与生俱来的孤独感。但是他的散步突然被打断了，班克斯先生记得（这肯定是某个意外造成的），一只母鸡在扑扇翅膀，它在保护自己刚孵化出来的一窝小鸡崽，拉姆齐停下了脚步，用手杖指着这只母鸡说："可爱，可爱。"这时班克斯感到有一束奇异的光照进了他的心房，他发觉拉姆齐是淳朴的，也会在意微不足道的小东西，但是，他们的友谊好像也终止在了这个地方，就在这条岔路上。后来，拉姆齐结婚了。再后来，他们友谊的果实没有了果肉，只空剩下果皮。他说不出这究竟是谁的过错，不过，一段时间后，重修旧好代替了另结新友，他们又见面了。此时，在班克斯与沙丘的这场无声的对话中，他坚信自己对拉姆齐的友谊丝毫未曾减少，就好像在泥土中躺了一个世纪的年轻人的躯体，嘴唇依旧鲜红，这就是他的友谊，强烈又真实，铺陈在海湾对岸的一片沙丘之中。

他为这友谊而焦虑，或许也是为了摆脱意识中那种形容枯槁的自我印象——因为拉姆齐生活在一群活蹦乱跳的孩子们中间，而班克斯却无儿无女，孤身一人——他很担心，只希望莉莉·布里斯科不要对拉姆齐有偏见（他是一个按自己的行为方式行事的伟大人物），他希望她理解他们二人之间的事情。他们的友谊始于很多年前，在威斯特摩兰的一条小路上中断了，那时有一只母鸡张开翅膀护住它的小鸡；自那之后拉姆齐结婚了，他们俩的道路便延伸向了不同的方向，这不是任何人的过错，只是在他们之间存在某种魔力，在他们再次见面时便会重续友情。

是的，就是这样。他说完了。他从这片景色中转过身来。他们沿着另一条路走回去，这是一条私人车道，他察觉到一些东西，如果不是那些沙丘让他联想到那躺在泥土之中的、有鲜红嘴唇的友谊之躯的话，他是不会注意到这些的——比如，凯姆，这个小姑娘，她是拉姆齐最小的女儿，她正在岸上采摘爱丽丝花。她性子很野，而且好斗。她不愿意像保姆说的那样"给这位先生一朵花"。不！不！不！她不愿意！她攥紧拳头，她直跺脚。班克斯感受到了自己的衰老，他很难过，他的友谊之情不知怎样被她误解了。他肯定是一副憔悴不堪的模样。

拉姆齐一家并不富有，他们能设法做到现在这样真是个奇迹。八个孩子！靠研究哲学养活八个孩子！现在，贾斯帕悠闲地走了过来，他是其中一个孩子，他说要去打小鸟，他经过时漫不经心地晃了晃莉莉的手，就像握住一只打气筒的手柄一样。看到这里，班克斯先生酸溜溜地说，她可真是大家的宠儿。现在还得考虑到这些孩子的教育问题（当然，拉姆齐夫人对此可能有她自己独到的方式），这还不算孩子们的日常穿着，这些"棒极了的家伙们"，这些发育良好的、瘦削的、毫不客气的小伙子们日常要损耗多少双鞋子，换掉多少双袜子啊。至于哪个是哪个，他们谁大谁小，他可搞不清楚。他在私下里用英国国王和王后的名字给他们取了昵称，任性的凯姆，冷酷的詹姆斯，公正的安德鲁，美丽的普鲁——他想，普鲁一定会出落得很美丽，她怎么能不美呢？安德鲁则有着智慧的头脑。当他在私人车道上走着，莉莉·布里斯科时不时地给他的评论插上一句"是"或者"不是"（因为她热爱这一切，热爱身边的这个世界），他掂量着拉姆齐的处境，既同情他，又嫉妒他，他亲眼看到拉姆齐放弃了自己年轻时那种孤独和严肃带来的荣耀，现在为子女和家事所拖累。孩子们带给了他一些东西——威廉姆·班克斯承认这点；如果凯姆把一朵花别在他的外套上，或者爬到他的肩头去看爆发的维苏威火山①的图画，那肯定是十分令人愉快的，但是他的老朋友们也无奈地发觉，孩子们也毁掉了一些东西。现在，一个局外人会怎么想呢？这位莉莉·布里斯科会怎么想呢？人们会不会注意到他染上的那些坏习惯呢？也许是怪癖，软弱？一个像他这样的充满智慧的男人现在竟然能够堕落至此，简直令人吃惊——这句话太苛刻了——他竟然如此依赖他人的赞美之声。

"哦，不过，"莉莉说，"想想他的工作吧！"

每当她"想想他的工作"的时候，她总能清晰地在自己面前看到一张厨房用的大桌子。这是安德鲁的杰作。她曾问过他，他父亲的书是讲什么的。"主体和客体以及真相的本

---

① 维苏威火山是一座活火山，位于意大利南部那不勒斯湾东海岸，被誉为"欧洲最危险的火山"。

质。"安德鲁说。当她说天哪，她可一点儿不懂这都是什么意思。"那就想象厨房里有张桌子，"他告诉她，"而你却不在那儿。"①

于是，现在每当她想起拉姆齐先生的工作时，眼前便会浮现出一张擦洗干净的餐桌。现在这张桌子正悬挂在一棵梨树的树杈上，因为他们已经走到了果园。她努力地集中思绪，好把注意力集中在那长着银色节疤的树皮上，或是那鱼形的树叶上，而不是集中在一张餐桌的幻象上。这是一张擦洗干净的长条木板餐桌，带有天然纹理和节疤，经年使用却完整而结实好像是它的优点，现在正四脚悬空地卡在树上。自然，如果一个人每天把时间都花费在去观察事物棱角分明的本质，把那美好的、有火烧云和湛蓝海水映衬的夜晚和这银色的树皮一起简化成一张有四只脚的白木餐桌（这样做是最为优秀的思想家的标志），显然这个人是不能被看作普通人的。

---

① 英国哲学家贝克莱《人类知识原理》："我说我写字用的桌子存在，这就是说我看见它，摸到它。假若我走出书房以后还说它存在，这个意思就是说，假若我在书房中，我就可以感知它。……因为所谓不思想的事物完全与它的被感知无关而有绝对的存在，那在我是完全不能了解的。它们的存在就是被感知，它们不可能在心灵或者感知它们的能思维的东西以外有任何存在。"拉姆齐是哲学家，安德鲁关于桌子的这个说法很可能是他的父亲教给他的。

班克斯先生喜欢她，因为她让他"想想他的工作"。他想过，一遍又一遍地想过。数不清多少次了，他说："拉姆齐是在四十岁之前就完成了自己最杰出的作品的那些人之一。"他在只有二十五岁的时候，就已经在一本小书中对哲学做出了确凿无疑的贡献；他之后的文章多多少少都是对这个理论的拓展和重复。但无论如何，在某种领域能够做出贡献的人毕竟都是极少数的，他说着，停在梨树下。这番话言辞得当，用语准确，公正客观。突然之间，他手的动作仿佛一下子释放了她长期以来积聚的情感，她对于他的全部感情像厚重的雪崩一样倾泻而出。这是一种激动的情绪。随即，在一片朦胧之中，他存在的实质也在她面前徐徐升华了。这是另一种感受。她为自己如此强烈的感情呆住了，那是他的严肃、他的善良所激发的感情。我尊敬您（她在心里默默地对他说），在各个方面：您不爱慕虚荣；您完全是无私的；您比拉姆齐先生更好；您是我认识的最好的人；您既没有妻子也没有孩子（她想去抚慰他的孤独，不带有任何性方面的想法）；您为科学而活（她眼前不由自主地出现了很多土豆的标本）；赞扬的话对您来说是一种侮辱；您是多么慷慨，心地纯洁，真正的男人！但这时，她又想起他是如何一路风尘仆仆地带了个贴身男仆来到这里；如何反对狗狗跳上椅子；他会接连几个小时地长篇大论蔬菜里的盐分和英式烹调的弊端（直到拉姆齐先生摔门而去离开房间）。

这一切又是怎么回事呢？一个人应该如何去判断、看待别人？一个人怎么能把这个、那个因素都叠加到一起，然后就总结出来是喜欢还是不喜欢另一个人呢？而这些喜欢、不喜欢的话，究竟又意味着什么呢？现在她站在那儿，呆立在梨树下，脑海中对这两位男子的印象涌上心头，要跟得上她的思绪，就好像要跟上一个语速太快，甚至来不及被记录的声音，而这个不受驱使的声音正是她自己的，它在兀自讲着不容置疑的、永恒的、矛盾的话，就连那梨树树皮上的裂缝和节疤也不可改变地永久地留下了。您很伟大，她继续说道，可是拉姆齐先生却没有这种伟大品质。他小心眼、自私、虚荣，是个利己主义者；他被惯坏了；他是一个暴君；他把拉姆齐夫人折磨得要死。但是他具有您（她转向班克斯先生）所没有的特征：他不喜欢钱财；对日常琐事一无所知；他爱狗和孩子们。他有八个孩子。班克斯先生却一个也没有。不过有天晚上，他不是披着两件外衣下楼来，让拉姆齐夫人帮他剪头发，还把碎发扔到一个烤布丁用的盘子里了吗？所有的念头就像一群蚊子似的在她的头脑中上下飞舞，它们每一只都是单独存在的，却好像全都被极好地控制在一张看不见的有弹性的网中——这些念头在莉莉的脑子里上下飞舞，在梨树的枝条间来回飞舞，这里仍然挂着那张餐桌的幻象，那象征着她对拉姆齐先生思想的深深尊敬，她这些思绪旋转起来，越来越快，越来越激烈，直到最后突然爆炸，她顿时感到如释重负。突然身边传来一声枪响，一群受惊的欧椋鸟在枪弹的碎片中腾空而起，惊慌失措，躁动不安。

"贾斯帕！"班克斯先生喊道。他们朝着露台那边鸟飞去的方向转过身。尾随着这群天空中散乱飞行的小鸟，他们穿过了高高的树篱间的缺口，一下子正好走到了拉姆齐先生面前，他正在低沉而大声地对他们说："有人因愚蠢而铸成大错！"

他沉浸在诗歌的情感中，双眼发亮，那闪烁着悲剧般的强烈而激动的蔑视目光，突然碰触到了他们的目光，在即将认出他们的那一刻颤抖了。但是这时，他举起手试图遮住脸，但举到一半的时候又停下了，羞愧感让他既焦虑又想发怒，好像要转移开或抹去他们正常的凝视；他好像在祈求他们把明知不可避免的事情再往后延一会儿，他好像要让他们深深感到他那种因被打扰所引起的孩子气式的愤恨，即使是在被发现的时刻他也没有完全被打败，而是决心要赶快抓住那种美妙的情感，以及这首让他既羞愧又惊喜的狂想曲——他突然转过身去，对着它们砰的一声关上了卧室的门，于是，莉莉·布里斯科和班克斯先生不安地抬头看天，只见那群被贾斯帕开枪惊飞的欧椋鸟正栖息在几棵榆树的树梢上。

5

"就算明天不是晴天，"拉姆齐夫人抬眼瞥见莉莉·布里斯科和班克斯先生经过，"我们也可以换一天去。并且现在，"她一边说着，一边想着莉莉那双小眼睛真的很有魅力，它们斜嵌在她那苍白的、有皱纹的脸上，一个有智慧的男人才能发现她的美，"站起来，让我量一量你的腿。"因为明天他们可能会到灯塔去，她必须要看看袜筒是不是需要再长上那么一到两英寸。

她面露微笑，因为就在这一秒钟，一个绝妙的念头闪过她的脑海——威廉姆和莉莉应该结婚——她拿起这双混色袜子，袜口上还别着十字交叉的钢针，照着詹姆斯的腿又比了比。

"亲爱的，站着别乱动。"她说道，因为詹姆斯出于妒忌心，不愿意给一个灯塔看守人的小儿子当量袜子的参照物，故意烦躁地动来动去。如果他这样，她怎么能看出来袜子是太长还是太短呢？她问道。

她抬起头来——他最小的孩子，她心爱的宝贝，是被什么魔鬼附身了？——她看到房间，看到那些椅子，心想它们真是陈旧不堪啊。就像安德鲁那天说的，椅垫里的填充物都掉在了地面上，但是买好的椅子又有什么意义呢？她问道，整个冬天这里只有一个老妇人负责看管，屋子肯定会漏水，它们会因受潮而坏掉。不管这些了，房租是两个半便士一天，孩子们喜欢这里；而且让他的丈夫离开图书馆，离开讲座，离开他的学生三千英里——或者她应该更准确些，是三百英里——对他是有好处的；这里还有给来访者的房间。这些地毯、简易床和看上去要报废的桌椅在伦敦已经物尽其用了，不过在这里也还不错，这里还有一两张照片和一些书籍。这些书，她暗想，它们好像自己就会繁殖。她从来没有时间去阅读它们。哎呀！就连那些由诗人本人亲笔题词并赠送给她的书也不例外——"献给一位心愿都将会实现的夫人……"或者是"献给我们这个时代幸福的海伦……"很羞愧地说，她从来没有读过。还有克罗姆的《论意识》《论常识》和贝茨的《论波利尼西亚人的野蛮风俗》（"我的宝贝，站着别动。"她说），这些书没有一本适合送到灯塔去。她继续思忖着，这间屋子以后可能会变得破旧不堪，必须采取一些措施才好。如告诉孩子们进家之前擦干脚，不要把沙子带进屋子，也许情况会好一些。螃蟹的话，如果安德鲁真的想解剖它们，她只能允许他带进来了；如果贾斯帕觉得可以试着用水草做一道汤的话，她也不能阻止；又或者露丝的一些小玩意儿，比如贝壳、芦苇和石块，她亦不能拦着不让带进家；她的孩子们都是天资聪颖的，只不过是表现在这方面了而已。而这一切的后果就是，她轻叹口气，一边拿袜子比着詹姆斯的腿，一边打量着整个房间，从地板到天花板，年复一年，每过一个夏天，东西都越来越破旧。草鞋烂了；墙纸脱落了，随着风噼里啪啦地响着，你再也看不出那上面曾经的玫瑰花图案。另外，如果一栋房子里的所有门都一直开着，而整个苏格兰地区没有一个锁匠能修理好坏掉的门闩，房子里的东西肯定都会坏掉。这栋房子的每个门都是开着的。她竖起耳朵听。客厅的门是开着的；前厅的门是开着的；听起来卧室的门也是开着的；对着露台的窗户肯定是开着的，因为是她亲自打开的。窗户应该敞开，而门应当关闭，多么简单的事情，家里就没人能记得住吗？她曾在晚上走进女仆们的房间，发现所有房间都像烤炉一样密不透风，除了玛丽的房间，这个瑞士女孩宁可不洗澡也不能没有新鲜空气。可是在家乡，她曾说过："那些山峦是如此美丽。"她昨夜说过这句话，一边说，一边看向窗外，眼里含着泪水。"那些山峦是如此美丽。"她的父亲正在故乡，生命垂危。拉姆齐夫人知道，他就要撇下子女而去了。她一边责备着女仆，一边示范（如何铺床，如何开窗，她的双手像法国女人一样优雅地合拢和张开），在这个姑娘说话的片刻，她身边的所有被褥都已经叠好了，就像一只刚在阳光中穿行的鸟儿，它的翅膀安静地收起了，蓝色的羽毛从明亮的蓝钢色变成了淡紫色。她沉默地站在那里，因为没有什么可说的。他患的是喉癌。她在回想——她就这样站在那儿，那个姑娘就那样说道："那些山峦是如此美丽。"可是他的病是没有希望的，无论如何也没有希望，她突然感到有些烦躁，突然厉声对詹姆斯说：

"站着别动。不要惹人烦。"詹姆斯立刻意识到母亲是真的发火了，于是站直了腿让她量。

筒袜至少短了半英寸，而且还是在假设看守人索尔来的小男孩比詹姆斯长得矮的情况下。

"这太短了，"她说，"实在是太短了。"

从来没有人看起来如此悲伤。她的面容愁苦而黯淡，仿佛她正身处一架从阳光处通向地底深渊的井道，在黑暗中已经下坠了一半，好像有一颗泪珠涌上了眼角，泪珠落了下来，汹涌的海水接纳了它，归于平静。从来没有人看起来如此悲伤。

但是除了外表的这般悲伤，难道人们真的没有议论其他什么故事吗？在她的美丽和风采的背后，还隐藏着什么呢？他是对着自己的脑袋开了一枪吗，他们问，他是在他们结婚前一周自杀的吗？——她的另一位更早的情人，流言中的那个人。还是没有这回事，什么事都没有，只有她无与伦比的美丽外表，她生活在这外表下，什么也不能干扰到她？在一些私密的场合，当听到一些关于炙热的激情、被阻挠的爱情和受挫的梦想的故事时，尽管她也可以说出她曾经感受过和经历过的一切，然而她却从来没说过一个字。她永远是沉默的。她知道——她不用教就知道。她单纯的心思能够揣测到聪明人会如何篡改故事。她思想单纯而简单，这使得她的心灵可以直接飞降在事实真相之上，就如石块落水一般迅速，如鸟儿降落一般准确，而这些真相是欣喜的、轻松的、持久的——也可能都是虚假的。

"造物主用稀有的黏土塑造了您。"班克斯先生有次接电话时被她的声音打动了，而她只是在告诉他关于一班火车的信息。他仿佛在电话线那头清楚地看到了她，如同一座希腊雕像，身子笔直，眼睛碧蓝。他和这样一位优雅的女性通电话，是多么不相配啊！她这张完美的脸庞应该是赐人以美丽与幸福的三位女神在盛开着长春花的草地上一起合作，用双手塑造出来的。他应该在俄斯顿搭乘十点三十分的火车。

"不过，她像个孩子一样丝毫没有意识到自己的美貌。"班克斯先生一边自语道，一边挂上了电话听筒。他穿过房间，去看屋后工地上的工人正在修建的旅馆。当他看到那片还没有完工的墙壁和工人们忙乱的场景时，他想到了拉姆齐夫人。总是有一些不协调的因素，他想到，影响她面庞的和谐美感。她很随意地往头上扣了一顶猎鹿人戴的帽子；她穿着一双雨靴跑过草地，去抓一个捣乱的小孩儿。所以，如果人们仅仅考虑她美丽的外表，也一定要记住那些生动的东西，那些活生生的东西（此刻，班克斯先生看到工人们正在把砖头搬运到一块长木板上），并把它们也加入这个形象之中；如果人们只把她简单地看作一个女人的话，就会赋予她一些奇怪的癖好——她不喜欢被倾慕，或者她有着某种潜在的欲望，她也想抛下高贵的外表，仿佛她的美丽使她烦恼，所有的男人对她美貌的夸奖也会令她厌倦，她只想像其他人一样，不引人注意。他不知道。他不知道。他必须去工作了。

拉姆齐夫人在织那双红棕色的绒线袜子，她的脑袋被身后一幅油画的镀金画框和她挂在画框边上的绿色披肩滑稽地衬托了出来。这是一幅经过鉴定的米开朗琪罗的真迹。她收起了自己片刻之前的严厉态度，温柔地托起了小男孩的头，在他的额头上轻吻了一下。"让我们再找一张图片来剪吧。"她说道。

6

可是发生什么事情了？

有人因愚蠢而铸成大错。

她听到的这两句话，在相当长的一段时间内都似乎没有什么意义，突然她从沉思中回过神来，这句话一下子也有了意义。"有人因愚蠢而铸成大错——"她用那双近视的眼睛凝望着自己的丈夫，看到他正朝着自己直冲过来，她一直盯着他，直到他出现在面前，表明（此时，这两句话一直在她的头脑中自动地对偶）有事发生了，有人犯错了。但是她无论如何也想不出来是什么原因。

他在哆嗦，他在颤抖。他满怀着对于自己的才华的所有虚荣与自负，纵马前行，像雷霆一样迅疾，像老鹰一般勇猛，带领他的士兵们穿越死亡之谷，突然间他的神游被粉碎了，被毁灭了。枪林弹雨中勇敢前行，我们英勇地前进，冲进了死亡之谷，大炮在发射和轰鸣[1]——他径直撞见了莉莉·布里斯科和威廉姆·班克斯。他在哆嗦，他在颤抖。

---

[1] 出自《冲锋，轻骑营》（*Charge of the Light Brigade*）。

此刻，她是无论如何也不会去跟他说话的。他的目光游移不定，从一些熟悉的征兆和他本人的一些奇特举止可以看出，她意识到，他好像想把自己藏起来，正需要隐私的空间，好重回平静，她知道，他被人冒犯了，心里十分痛苦。她拍拍詹姆斯的头，把她对于他的感受传达给孩子。当她看到他把陆海军商店的商品图册中一个绅士的白衬衫拿粉笔涂成黄色时，心想，如果他以后成为一名画家，她将会多么开心啊，他为什么不会呢？他有一个漂亮的额头。这时，她一抬头，看到她的丈夫又一次朝她走来，他那崩溃的神情已经被收起来了，家庭的温暖占了上风，生活的习惯在低吟着它令人舒缓的节奏曲，于是，当拉姆齐先生再次走过来时，他故意停在了小詹姆斯面前，停在了窗边，他突发奇想地弯下腰，故意拿着一根什么东西去挠他光溜溜的小腿肚。她责怪他不应该把那个"可怜的年轻人"查尔斯·塔斯莱赶走。塔斯莱必须得回去写他的论文，他说。

"有朝一日，詹姆斯也得写他的论文。"他讽刺地加上一句，挥着他手里的小树枝。

詹姆斯挥手挡开这根让他痒痒的小树枝，他讨厌自己的父亲。拉姆齐先生以他特有的一种方式，一半严厉、一半幽默地用小树枝去挠他小儿子的光溜溜的小腿肚。

她一直在努力把这些惹人烦的袜子织完，好在明天带给索尔来的孩子，拉姆齐夫人说道。

明天到灯塔去简直一丁点可能性都没有，拉姆齐先生粗暴地打断了她。

他怎么会知道？她反问道。风向经常是会改变的。

她的这句话完全没有经过任何的理性论证，这种愚蠢的妇人之见令他愤怒。他刚刚跃马穿过死亡之谷，却被人破坏了神游，气得浑身发抖；而现在，她又游离于事实之上，让他的孩子们期待一件根本就不可能发生的事情，这实际上就是撒谎。他气得在石阶上直跺脚。"该死。"他说。但是她说什么来着？只是说明天可能会是个好天气罢了。可能会是呢。

温度计的指数在下降，风向又朝西，这就不可能了。

竟然这不顾别人感受地追求真理，将文明那薄薄的面纱如此任性而粗暴地扯下来，这对她来讲是对人类礼仪的践踏。她没有回答，目光茫然而空洞，低下头，好像要承受一阵劈头盖脸的冰雹，任那湿透衣衫的脏水落在她身上而不加反抗。她没有什么话好说。

他沉默着站在她身边。他终于非常谦卑地说，如果她愿意的话，他可以去问问海岸警备队的人。

没有一个人比他更受她尊敬了。

她非常愿意相信他的话，她说。他们不用切三明治了——就是这样。因为她是一个女人，自然而然，他们白天一有事情都要过来找她，这个人要这个，那个人要那个，孩子们在长大。她经常感觉自己好像只是一块吸饱了各种人类情感的海绵。刚才他说，该死。他说，一定会下雨。现在他说，不会下雨。这时，一扇天堂的安全之门就在她面前敞开了。没有比他更受她尊敬的人了。她感觉自己好像连给他系鞋带都没有资格。

　　拉姆齐先生想起刚才自己的坏脾气、吟诗时想象自己带领士兵们冲锋时忘情的手舞足蹈，觉到很不好意思，他尴尬地又戳了戳他儿子的光腿儿，然后，仿佛自己已经获得了妻子的同意，便离开了。他的举动让她联想到动物园里的大海狮，在吃过鱼儿后，笨拙地向后退去，它拍击着水面，池子里的水会向两边激荡。他潜入暮色中，这傍晚的空气好像更加稀薄了，叶子和篱笆的形状渐渐隐没，仿佛是作为补偿，它赐予了玫瑰和石竹花一种白天不曾有的光彩。

　　"有人因愚蠢而铸成大错。"他又说道，大步走开了，在露台上踱来踱去。

　　然而，他的语气已经发生了多么令人惊讶的变化呀！仿佛布谷鸟的啼鸣；"六月里，他走了音"；他好像在重新尝试着，犹豫地试探着想找到某句诗来转换一下心情，然而嘴边只有这一句，就照旧吟了出来，尽管声音有些沙哑。可是它听起来有点滑稽——"有人因愚蠢而铸成大错"——这样的语调很有旋律感，听起来也很悦耳，几乎像个问句，而不是确定的语气。拉姆齐夫人不禁微笑了，没过多久，拉姆齐先生找回了自信，他来回踱着步，嘴里咕哝着这句诗，声音越来越小，终于沉默了。

他安全了，他重新回到了不受干扰的状态里。他停下脚步，点燃烟斗，对窗内的妻子和儿子看了一眼，就好像一个人在一列特快火车的车厢里，抬眼看到窗外有一座农场、一棵树、一排农舍，这种情景就像是一幅插图。他又看了一眼，窗内这种印在纸上的插图给予他一种确定感，于是他的自信心增加了，内心也获得了满足。他虽然没有分辨出所见的究竟是妻子还是儿子，但是看到他们让他信心大增，十分满足，使他能够集中精力来理解那个让他卓越头脑全力运转的问题。

这是一个卓越的头脑。如果把思想比作一个钢琴的键盘，有着若干个不同的音符，或比作按顺序排列的英文字母表中的二十六个字母，那么他卓越的头脑可以毫不费力地从第一个字母飞驰而起，坚定又准确地掠过这一个个字母，最后径直到达，比方说，字母 Q。他的头脑到达了 Q。整个英格兰，很少有人能够到达 Q。他在插着天竺葵的石瓮边上站了片刻，看到就在不远处，他的妻子和儿子坐在窗边，就好像孩子们正在捡起脚下的贝壳，如此天真无邪，只顾着眼前的小事，对于可能到来的灾难完全没有任何防备。而他却预见到了。他们需要他的保护，他保护他们。但是在 Q 之后呢？接下来是什么？在 Q 之后还有一长串的字母，那最末一位字母，凡胎肉眼是看不到的，它在远处闪烁着微微红光。在整整一代人中，只有一个人某一次到达了 Z。而他，如果能到达 R 就已经很了不起了。现在至少他已经到了 Q。他牢牢地站在 Q 上。对于Q，他是很有把握的。Q，他是可以阐述清楚的。如果他现在是 Q，那么之后就会有 Q——R——想到这儿，他把手里的烟斗在石瓮把手上磕了两三下，那声音响亮而有回音，他继续想着。"然后就是 R……"他准备迎难而上。他咬着牙，攥着拳。

耐力、公正、远见、忠诚和技巧，这些能够拯救在波涛汹涌的海上，那一船只带了六片饼干和一小瓶淡水的难友的品质，他都具备了。R 就要到达了——R 是什么呢？

在他强烈的注视下，一扇百叶窗像蜥蜴的眼皮一样快速地开合，这让他更看不清楚字母 R 了。在那眼皮闭合的黑暗瞬间，他听见人们在说——他是个失败者——R 是他永远无法企及的。他永远也无法到达 R。向 R 出发，再一次。R——

既不盲目乐观，也不悲观失望，沉着镇定地观察着即将发生的事情并且直面现实，这些能够让他成为一支穿越冰封极地的孤独探险队的领队、向导和顾问的素质，他都具备了。R——

蜥蜴的眼睛又眨了一下。他额头上的青筋凸显出来。石瓮里的天竺葵变得惊人的清晰，在叶片的缝隙间，出乎意料地，他看到了，两个阶层的人们之间那古老的、显而易见的区别：一方面是一些持续不断的拥有超人力量的人们，他们孜孜不倦、持续以恒，把整个字母表都按顺序走上一遍，二十六个字母一个不少，从头走到尾；另一方面是有天赋和灵感的人，他们奇迹般地以闪电的速度把所有的字母一鼓作气地全数攻克，这是天才的方式。他没有这种天赋，他并不以天才自居。但是他具有，或者说可能具有能够精确地把 A 到 Z 的字母表中的每个字母都过一遍的力量。目前，他停留在 Q 这里。继续，下面就该到 R 了。

雪崩了，山顶仍在雾中，他知道自己要倒下了，在早晨到来之前就会死去，他不能有辱于探险队领队的身份，在露台上踟蹰的这两分钟内，这些情感占据了他的身心，他的眼睛黯然无光，他看上去就像是个形容枯槁的老人。但是他不能躺着死去，他要找到一块峭壁上的岩石，站在那里，注视着暴风雪，他要努力，要最终穿透黑暗，他要站着死去。他永远也到不了R了。

他一动不动地站在插着天竺葵的石瓮边上。在十亿人当中，他自问，最终有几个能到达 Q？当然，一个希望渺茫的探险队领队可能会问自己这个问题，在经历过这次征途之后，实事求是地回答，"也许一个。"一代人里面有一个人。如果他踏实地工作，尽了自己最大的努力，直到已经付出了全部，那么就算他不是这个人，也要因此而受到责备吗？他的声名会持续多久呢？一位英雄在临死前想一想身后人会如何评价他，这是可以被允许的。他的声名也许会持续两千年。两千年又意味着什么呢？（拉姆齐先生嘲讽地自问道，看着篱笆。）如果你从山巅之上往下看这漫长的、虚度的岁月，它又意味着什么呢？你的靴子踢到的那颗小石子也许都比莎士比亚活得更久。他自身的微光将会不那么明亮地照耀上一两年，然后隐没在一片更大的光亮之中，再消失在一片还要更加巨大的光亮中。（他看向篱笆，看向那些缠绕在一起的枝丫。）如果这位希望渺茫的探险队领队最后攀登到了高峰，能够看到虚度的光阴和冰冷的星辰，如果在死亡还没有让他的肢体失去活力之前，他凭借仅有的一点意识把他冻僵的手指举到了眉梢，挺直了肩背，当救援队到来的时候，他们发现他死在了自己的岗位上，正像一个士兵一样，又有谁能为此责备他呢？拉姆齐先生挺直肩背，笔直地伫立在石瓮边上。

如果是这样，有谁能够责备他呢？他这样站立了片刻，想着自己的名誉，想着救援队，想着心怀感激的追随者们在他的遗骸之上建立的纪念石堆。毕竟，谁能责备一位领导着一次注定失败的探险队的领队呢？他已经历尽艰辛，拼尽全力，陷入长眠之中，并不在乎自己是否还会醒来，这时他的脚趾感到一阵刺痛，意识到自己还活着，总体来说他并不反对活着，但是他需要同情、威士忌和一个可以立刻听他倾诉自己痛苦遭遇的人。有谁能为此责备他呢？当这位英雄卸下了盔甲，脚步停在窗前，凝望着他的妻子和儿子，谁能不暗自欣喜呢？他们的轮廓起初很远，渐渐越来越近，直到嘴唇、头和书都近在眼前，这一切还是那样可爱，但对于他强烈的孤独感、那些虚度的光阴和冰冷的星辰来说又是那样陌生，他终于把烟斗放到了口袋里，在她面前低下了他卓越的脑袋——如果他向面前的绝世佳人示爱，有谁能为此责备他呢？

7

但是他的儿子詹姆斯讨厌他。他讨厌他走到他们面前来，停下脚步来看着他们；他讨厌他打扰他们；他讨厌他扬扬得意、自命不凡的样子，讨厌他那卓越的头脑，讨厌他的精确主义和自我中心主义（他现在正站在那儿，命令他们都要听他说话）；但是他最讨厌的是他父亲情绪激动时讲话的声调会忽高忽低，这些颤抖的鼻音和高音围绕着他们，搅扰了他和母亲之间单纯无瑕的美好关系。他一动不动地盯着书页，希望父亲能走开；他用手指指向一个字，希望此举能吸引母亲的注意力，但他愤怒地发现，母亲的注意力随着父亲脚步的停下立刻就涣散了。然而，没有办法。没什么能够让拉姆齐先生移动脚步。他就站在那儿，寻求同情。

拉姆齐夫人刚才正懒洋洋地搂着儿子坐着，现在她鼓起精神，侧过身子，好像努力要起身似的，立刻向空中喷发出一股能量的雨露，她看上去神采奕奕，充满了生命力，好像她身体中所有的能量都燃烧起来，变成了一股巨大的力量，这股力量在发热和发光（虽然她还是安静地坐在那儿，重新拿起了她的袜子），而这个缺乏生命力的男人闯入这甘美的生命雨露之中，就像一个光秃秃的、无耻的黄铜鸟嘴，拼命地吸吮。他需要同情。他是一个失败者，他说。拉姆齐夫人手中的毛线针闪了一下。拉姆齐先生目不转睛地看着她的脸，重复了一遍，他是个失败者。她反驳他。"查尔斯·塔斯莱……"她说。但是他需要的比这句话更多。他需要同情，最重要的是需要肯定他的才华，然后还需要被带回到真实的生活中来，被温暖，被抚慰，最后重新恢复理智，使他由贫瘠变为丰饶，让这间房子里所有的房间都充满生机——客厅、客厅后面的厨房、厨房上面的卧室、卧室上面的孩子们的房间——它们都必须被好好布置，它们都要充满生命力。

查尔斯·塔斯莱认为他是这个时代最伟大的形而上学家，她说。但是他需要的比这句话更多。他需要同情。他必须要确信自己也存在于这生活的中心；他是被需要的，不仅是在这里，全世界都需要他。拉姆齐夫人晃动着手中的毛衣针，她很自信地挺直身子，她把客厅和厨房都变得焕然一新，让他在那里自在地进进出出，放松休憩。她朗声大笑，她织着毛线。詹姆斯站在她的双膝之间，一动不动，感觉到她体内突然涌出的这股力量正被那个无耻的鸟嘴吸吮，被那个男人手中的刻薄的弯刀无情地砍击，一次又一次，他需要同情。

他是一个失败者，他重复道。好吧，那就看看周围，感受一下。她晃动着手中的毛衣针，目光扫向周围，扫向窗外，扫向房间，扫向詹姆斯，她用自己的笑声、优雅的仪态和能力（就像一个保姆拿着一盏灯，走进一间黑暗的房间来安慰一个暴躁的孩子）让他确信，不再有丝毫怀疑，这一切都是真实的，房子里充满着生命力，花园里微风吹拂。如果他绝对相信她，就没有什么可以伤害他；不管他陷得多么深或爬得多么高，她没有一秒钟不在他的身旁。她如此夸大自己陪伴他、保护他的能力，以至于她熟悉的那个自己仿佛只剩下了点儿躯壳可供辨认；她慷慨奉献的一切都被他消耗殆尽；詹姆斯站在她的双膝之间，感觉她变成了一棵高耸的果树，开满了玫瑰色的花，枝叶摇曳，而他父亲，这个自私男人的无耻的鸟嘴和刻薄的弯刀，正在吸吮着和砍击着她，要求她给予同情。

听够了她安慰的话语，他就像一个心满意足而入睡的孩子，恢复了元气，获得了新生，他谦卑地看着她，他可以去转一转，他可以去看看孩子们玩板球。他走了。

当下，拉姆齐夫人就像一朵枯萎的花，一瓣花瓣紧贴着一瓣花瓣地蜷缩在一起，她整个人筋疲力尽，瘫软了下来。在极度的疲惫之中，剩下动动指头的力气仅可以翻翻《格林童话》的书页。她对自己刚才的表现满怀欣喜，就好像一次脉搏的跳动达到了它的极限，现在又慢慢平息下来。

他走远了，每一次这样的搏动，都会让她和她的丈夫更加亲密，给予他们以一种慰藉，就好像同时奏出一高一低两个音符时的共鸣。不过，当这共鸣散去之后，她再次打开童话书，拉姆齐夫人不仅感到身体上的筋疲力尽（不光是这时，而是每次事后她总会感觉到这种疲惫），她还感到其中掺杂着由于其他原因引发的不快。当她大声朗诵渔夫妻子的故事时，她还并不十分确切地清楚这种感觉缘何而生；当她翻页时，当她停止朗诵，听到沉闷的潮落声音，仿佛有一种不祥的预感，她不敢把她的这种感觉组织成语言，怎么会这样：她不喜欢自己比丈夫优秀的那种感觉，哪怕一秒钟也不行；并且，她承受不了在她亲口告诉他一些事实的时候，她对自己所说的话都不能完全确定。大学和人们都需要他，讲座、著书和这一切都具有最高的重要性——对此她从未怀疑过，但这是他们两个人之间的亲密关系，可是他却这样公开地向她求助，每个人都能看到，这让她感到不安。这样一来，大家会说他依赖她，可是人们必须知道，在他们两个人中间，他无疑是最重要的那个，她带给这个世界的和他所给予的比起来，简直微不足道。此外，还有一点——她太过不安以至于不能将事实告诉他，比如她正在担忧着暖房屋顶的修缮费用，也许会高达五十英镑，还有关于他写的书，她担心他可能也猜测到了，他最新完成的这本书并不是他最好的作品（她从威廉姆·班克斯先生那里得知的）。她还要把一些日常的小事隐藏起来，可是孩子们看到了，这就成了他们的负担——所有的这一切都削弱了两个音符产生共鸣时那种纯粹而彻底的欣喜，耳边这乐音忧郁地降了调子，逐渐消散了。

　　书页上出现了一个影子，她抬起头。原来是奥古斯都·卡迈克尔先生正在这时懒洋洋地走过，恰巧在这个时候，在她感到自己无法处理好人与人之间关系的时候，就连最亲密的关系仿佛也有了瑕疵，她不能忍受这种考验，一方面是对自己丈夫的爱，另一方面是忠于真理的天性。在她痛苦地感到自己毫无用处，这些谎言和夸大其词让她不能拥有真正的自己——就在她刚刚兴高采烈而现在却感到羞愧难当的时候，卡迈克尔先生懒洋洋地走过来了，穿着双黄色的拖鞋，而体内的某个魔鬼让她在他经过时脱口而出：

"进屋来吗，卡迈克尔先生？"

8

他什么也没说。他抽鸦片。孩子们说他的胡子已经被鸦片染黄了。也许吧。显而易见，她能看出这个可怜的男人并不快乐，每年都来他们这里逃避现实；每年，她都有同一种感觉，他并不信任她。她对他说："我要去趟城里。需要我为您捎带邮票、信纸或烟草吗？"这时她会看到他的脸突然绷紧了。他不信任她。这是因为他的妻子。她想起了他妻子对他的恶劣态度，这让她当时目瞪口呆。那时她去拜访他们在圣约翰森林街上的家，在一个糟糕的小房间里，她亲眼看到这个丑恶的女人把他赶出了家。他外表邋遢；他的外套有污渍；他像一个无所事事的老人一样惹人嫌弃，而且她竟然把他赶出了房间。她用一种令人厌恶的腔调说道："现在，我想和拉姆齐夫人在一起聊聊。"而拉姆齐夫人这时仿佛看到了他这一生所遭受的数不尽的苦难。他有足够的钱来买烟草吗？他不得不向她张口要钱吗？两个半先令？十八个便士？哦，一想到他的妻子让他蒙受的所有的羞辱，她就无法忍受。而且现在他总是避开她（她猜不出为什么，只可能是因为他妻子的影响）。他从来没告诉过她任何事。但是她还能为他多做些什么呢？为他在这里提供了一个充满阳光的房间。孩子们对待他都很友好。她从来没表示出不欢迎他的意思。实际上她还专门向他表示友好。您需要邮票吗？您需要烟草吗？这有本书您可能会喜欢，等等。毕竟——归根结底（这时她不自觉地挺直了身体，她很难得地意识到了自己的美丽）——毕竟，她很容易就能让人们喜欢她，比如，就连乔治曼宁和华莱士先生这样的名人，都愿意在某个傍晚来找她，安静地在火炉旁和她聊天。她不可能没察觉到，自己有着火炬般光彩照人的美丽，她径直把这美丽带到她进入的每一个房间；尽管她会用纱巾把这美貌掩盖起来，并努力想要避开这种美为她带来的单调的负担，她的美却显而易见。她被欣赏。她被爱慕。她曾走进哀悼者的房间，人们当着她的面落泪。男人和女人们都对她倾诉着各种事情，他们让自己和她得到简单质朴的宽慰。他对她的回避让她很受委屈。这让她觉得受到了伤害。这种伤害并不干脆，而且极不恰当。她已经对丈夫感到不满，这时在此之上又加上了卡迈克尔先生对她的不信任，这让她难以释怀。他正从她面前懒洋洋地走过，穿着一双黄色的拖鞋，腋下夹着本书，对她的提议只是点了下头；她内心中所有关心他、帮助他的愿望都成了徒然的虚荣。她如此出于本能地想要去帮助他人，给予他人，难道就是为了获得自我满足感，为了人们能说："哦，拉姆齐夫人！亲爱的拉姆齐夫人……拉姆齐夫人，当然啦！"并且需要她，派人来找她，爱慕她？她暗自期待的不就是这种感觉吗？可是现在卡迈克尔先生从她面前走开了，正走向某个角落，去做他的无止无休的离合诗①。这种举动让她不仅感到自己助人为乐的天性被无视了，而且让她意识到自身的某些渺小之处，意识到人与人之间的关系即使在最好的情况下，也是存在瑕疵的，也是存在偏狭的，也是谋求私利的。她现在看上去一定面容憔悴且疲惫（她的脸颊凹陷，已有白发），看到她的人一定不会感到赏心悦目，她还是把心思放到这个渔夫和他的妻子的故事上吧，这样能让他儿子詹姆斯敏感的情绪平静下来

---

① 每行的首字母、中间字母或末尾字母凑起来能构成一个词或句子的诗。

（她的其他孩子都不像他这样敏感）。

"那个渔夫的心情变得很沉重，"她大声读道，"他不愿意去。他对自己说，'这是不对的，'但他还是去了。当他来到大海面前时，海水是紫色的，是深蓝的，发暗且浑浊。它不再是黄绿色的了，但它依然很平静。他站在海边说道——"

拉姆齐夫人真希望她的丈夫不要选择在这个时候停在他们面前。为什么不像说的那样去看孩子们玩板球呢？但是他没有说话；他注视着；他点了点头；他表示赞许；他继续往前走了。他悄悄走开，看到面前的篱笆围成一个圆圈，两片篱笆之间的间隔就好像一个停顿，象征着一个结论。他看到他的妻儿，他又看到那垂着红色天竺葵的石瓮，它们经常装点着他的思想进程；在他的注视之下，天竺葵的叶片上仿佛都写满了他的思想，就好像这些叶子是一个人在匆忙阅读时记下笔记的张张纸片——他看到了这一切，自然而然地想起了《泰晤士报》上一篇关于每年有多少美国人参观莎士比亚旧居的文章。如果莎士比亚从来没有存在过，他问，今天这个世界会有什么不同吗？文明的进步是取决于伟人吗？现在芸芸众生的命运比古埃及法老王时代要好吗？芸芸众生的命运是我们衡量文明进步的标准吗？可能不是。也许崇高的事业需要奴隶阶层的存在。伦敦地下铁道中的电梯工人就永远是不可或缺的。这个想法令他感到不快。他突然仰起头。为了逃避这个想法，他需要找到一些理由来削弱艺术的支配地位。他要论证这个世界是为大众而存在的；艺术仅仅是加之于人们生活之上的一种装饰品，它不会表现出真正的生活。莎士比亚也不是生活中必不可少的。他并不清楚自己为什么要贬低莎士比亚而去抬举一个永远站在电梯门口的工人，他猛地从篱笆上扯下一片叶子。所有这些思考，他下个月都将会呈现给卡迪夫学院的年轻人们。在这里，在他家的露天平台上，他不过是在搜寻草料、打打野食（他扔掉了刚才使性子扯下来的那片叶子），就像一个骑马的人顺手摘下一把玫瑰，或是在走过儿时就熟悉的田间小径时，顺便装满了一口袋核桃。这一切都是很熟悉的。这个拐角，这个篱笆旁供人跨越的梯磴，这条穿越田野的小道。他总是带着烟斗，在某个黄昏信马由缰，走在田间小径和草场上，这些熟悉的地方让他思绪翻滚，在这儿想起一次战役的历史，在那儿忆起一个政客的生平，还有各种诗歌、逸事和人物形象，这个思想家，那个战士等。这一切都如此生动而清晰，但最后这小径、田野、草场、挂满果实的核桃树和开满鲜花的篱笆会把他引向远处的一个拐角，他总是在这里下马，把马拴在一棵树上，然后独自步行穿过草地。他一直走到草地的边缘，俯瞰下面的海湾。

　　这就是他的命运，他独特的命运，不管他是否愿意，他都走到了这样一小块被海水不断侵蚀着的土地之上，他兀自站在这里，像一只孤独的海鸟。这就是他的力量，他的天赋，可以一下子摈弃和缩减掉一切多余之物，收敛起幻想，降低声调，心灵也更加单纯，甚至身体上也会有这种感觉，但他却没有失去思维的敏锐。他这样站在面朝海湾的凸出来的小小礁石上，面朝着人类无知的黑暗，海水正在吞食着我们脚下的土地，我们却什么都不曾察觉——这就是他的宿命，他的天赋。当他下马时，他已经扔掉了所有的装腔作势，扔掉了所有的核桃和玫瑰，并收敛着思绪，不光是名声，他甚至连自己的名字都忘记了，即使是在这种全然孤独的状态中，他依然保持着不放纵幻想和不耽于遐想的警觉，他就这样在威廉姆·班克斯（时断时续地）、查尔斯·塔斯莱（巴结奉承地）和他的妻子（她现在抬头看到他正站立在草地边缘）心中深深激起了敬重、同情和感激之情，就像插在海中的一根航标，海浪拍打着它，海鸥在上面栖息，它独自矗立在水流之中，担负着标明航道的职责，这让那些满载游客的欢乐航船激起了一朵朵感恩的浪花。

　　"但是作为八个孩子的父亲已经没有选择了。"他低声抱怨着，中断了遐想，转过身来，叹了一口气，抬起眼睛，正看见妻子给小儿子读故事的身影，同时装满烟斗。如果他能一直凝望这吞噬着我们立足大地的海水，一直思索人类的无知、命运，也许能得出某些结论，然而他却在这些家庭琐事上获得了慰藉，这些小事与他适才思索的宏大论题相比简直微不足道，因此他想去忽视、贬低这种安慰感，好像在一个悲惨的世界中被人发现过着快乐的生活对一个正直的人来说是一项最卑鄙的罪行。确实如此，他大体上是幸福的：他有一个妻子；他有孩子们；他下个月就要去给卡迪夫学院的年轻人讲些关于洛克、休谟、贝克莱和法国大革命起因的"胡言乱语"。但是这些事情以及他从这些事情中获得的乐趣——优美的言辞、年轻学子的热情、妻子的美丽，他从斯旺西学院、卡迪夫学院、埃克塞特学院、南安普敦大学、基德敏斯特大学、牛津大学和剑桥大学获得的赞许，这一切为他带来荣光的东西却必须用"胡言乱语"这几个谦虚的字眼来加以贬低和掩饰，因为，他实际上并没有完成他本应该完成的事。这只是一种掩饰，是一个害怕承认自己真实感情的人的托词，他不能说——我喜欢这样，我就是这样的，这会让威廉姆·班克斯和莉莉·布里斯科感到惋惜和别扭，他们不明白他为什么要这样隐藏自己，为什么总是需要被他人赞扬，为什么在思想上如此勇猛而在生活中却又如此羞怯；这个人既可敬又可笑，多么奇怪啊！

教育和训导他人非人类的能力之所及，莉莉猜测。（她正在收拾她的东西。）如果你被捧上了天，是肯定要栽跟头的。

拉姆齐夫人太轻易地就给了他所要求得到的东西。如果有意外发生，他一定无法承受，莉莉说道。他从他的书中走出来，发现我们都在玩游戏，闲聊些无用的东西。想象一下，这和他所思索的东西相比，是个多么大的变化，莉莉说道。

他朝着他们走过来。他突然止步了，沉默地注视着大海。现在他又转身离去了。

9

是的，班克斯先生一边说着，一边目送他离开。这确实很令人惋惜。（莉莉说了拉姆齐先生令她感到害怕的原因——他的情绪变换非常突然。）是的，班克斯先生说道，拉姆齐先生的行为与常人不同，这确实很令人遗憾。（因为他喜欢莉莉·布里斯科，他可以和她坦诚地谈论拉姆齐先生。）正是因为这个原因，年轻人不愿意读卡莱尔①的作品。他会因为一碗粥是凉的而大发脾气，这样性格暴躁又爱抱怨的人，他有什么资格训

① 托马斯·卡莱尔，苏格兰哲学家、评论家、讽刺作家、历史学家以及教授，被看作是那个时代最重要的社会评论员，一生当中发表了很多重要的在维多利亚时代被赞誉的演讲。

导我们呢？这就是班克斯先生所理解的当今年轻人的看法。如果你也和拉姆齐先生一样认为卡莱尔是人类最伟大的导师之一，那真是太令人感到遗憾了。莉莉很惭愧地说，她自从上学时就从来没有读过卡莱尔。但她觉得，拉姆齐先生那种如果自己的小手指有点儿疼，整个世界都要跟着毁灭的想法并不会让人就此讨厌他。她并不介意这个。因为他谁也不会欺骗。他会不加掩饰地让你去奉承他，去赞赏他，他的小把戏骗不了任何人。她不喜欢的是他身上的自私和盲目自大，她看着拉姆齐先生的背影说道。

"有点伪君子？"班克斯先生说着也看向拉姆齐先生的背影，他想到他和拉姆齐先生之间的友谊，想到凯姆拒绝给他一朵花，想到那些男孩和女孩，想到他自己的房子——原本非常舒适，但自从妻子死后，太冷清了。当然，他有他的工作……不过，他还是希望莉莉同意自己对拉姆齐的评论，如他所说那样"有点儿伪君子"。

莉莉·布里斯科继续收拾她的画笔，头一会儿抬起一会儿低下。当她抬起头时，她看到拉姆齐先生就在那儿，正朝着他们走过来，远远地，他身体摇晃着，一副漫不经心的样子。有点儿伪君子？她重复道。哦，不——他是最诚恳的人、最真挚的人（他走了过来）、最好的人。但是，低下头去时，她想，他只沉溺于自己的事情，他暴躁专横，他不公正。她故意继续低着头，因为只有这样她才能保持和拉姆齐一家在一起时的那种镇定。无论是谁，只要一抬头看见他们，就会觉得他们被一种"爱的洪流"裹挟着。他们成了那个不真实的但又令人激动的宇宙的一部分，这是用充满爱的眼睛看到的世界。天空在头顶之上，小鸟在身边欢唱。而更令人激动的是，当她看到拉姆齐先生走近又走远，看到拉姆齐夫人和小詹姆斯坐在窗边，云朵被风吹着往前跑而树枝都在摇曳，生活由这一件件彼此毫无关联的小事组成，而这些小事紧挨在一起发生，汇成了一片海浪，完整而起伏，这海浪忽而把人举起，忽而把人放下，一下子又把人抛到沙滩上。

班克斯先生等待着她的回答。她正想说些批评拉姆齐夫人的话——她有时候的方式也有些专断，这让人感到很不安等类似的话，但是看到班克斯先生心醉神迷的模样，就立刻觉得没必要再说什么了。他已经年过六旬，有洁癖，缺乏个性，好像披着洁白的科学外衣，然而他却如此迷恋拉姆齐夫人。莉莉看到他凝视拉姆齐夫人的目光里充满了痴迷和爱恋，感觉就好像几十个小伙子加起来的总和那么多（也许拉姆齐夫人并没有几十个爱慕她的小伙子）。这就是爱情，她一边想，一边假装去挪动她的油画，这是经过过滤、提纯的爱情，一种绝不企图去占有对方的爱情；这种爱情就像数学家对符号的爱和诗人对诗句的爱，应该传遍全世界，成为人类财富的一部分。确实如此。整个世界都应该分享这份爱，班克斯先生说不清为什么这个女人让他如此着迷；他看着她给她的儿子朗诵一个童话故事的感觉，和自己解决了一个科学难题时的感受一模一样；他凝望着这幅场景，仿佛像自己成功证实了一个关于植物消化系统的真理，野蛮被驯服，混乱归于秩序。

这样一种强烈的迷恋——除此还能用什么字眼来形容呢？这感情让莉莉·布里斯科完全忘记了刚才她想要说什么。那些已经不重要了，那些她想说的是关于拉姆齐夫人的一些话。那些话在这种强烈的迷恋旁边显得黯然失色。他沉默地凝望着拉姆齐夫人，这目光让莉莉深为感动，因为再也没有什么东西能让她如此感到慰藉，把她从生活的困惑中解放出来，奇迹般地卸下人生的重担。这崇高的力量，这美妙的馈赠是没有人能够打破的，它会持久下去，就如同横洒在地上的一束阳光。

人们如此热烈地去爱，像班克斯先生对拉姆齐夫人的爱一样（她瞥了一眼默然凝望中的班克斯先生），这让人感到兴奋，给人启迪。她故意用一块旧抹布谦卑地把画笔一支支地擦干净。她感到自己也被这种献之于所有女性的尊敬之情所庇护着；她感觉自己也被赞美了。让他继续注视着吧，她要悄悄看一眼自己的画。

　　她真想哭。画得真难看，真难看，实在太难看了！她本可以不这样画的，颜色可以更浅一些，轮廓可以更模糊一些，就像画家庞思福特眼中的画面那样。可是她眼中的画面是另一番景象。她看见色彩在一个铁框架上燃烧着，一座大教堂的拱顶上，一只蝴蝶的翅膀正闪着亮光。她所见的这一切只有一些会被潦草地留在画布上。这幅画永远也不会有人欣赏，永远不会被挂起来，这时她听到塔斯莱先生在她耳旁轻声低语："女人不会绘画，女人不会写作……"

　　她现在想起了她原打算说的那些关于拉姆齐夫人的话。她不知道要怎么说，但肯定是一些批评的话。有天晚上，她被拉姆齐夫人专断的态度惹得很恼火。她顺着班克斯先生凝望拉姆齐夫人的目光看去，心想，不会再有女人能像他这样去恋慕另一个女人；她们只会在班克斯先生给予她们的荫庇下享受安稳。于是，她顺着班克斯先生的炯炯目光，又加入了自己的一束目光，她认为拉姆齐夫人毫无疑问是最可爱的人（她正在俯身看书），也许是最好的人。然而，她和现在他们眼中看到的这个完美形象是有所不同的。但是为什么不同？哪里不同？她一边自问，一边刮去调色板上那些蓝色和绿色的颜料块，现在在她眼里，它们就像泥块一样没有生命，但是她暗自发誓，她明天要用灵感去调动它们，让它们活泛起来，流动起来，按她的心愿呈现在画布上。她是怎么个不同法呢？她内在的灵魂是什么呢？如果你在沙发的一角发现了一只皱巴巴的手套，凭借那扭曲的手指的特征，你就可以毫无疑问地断定是她的。她就像一只迅疾的鸟，一支笔直的箭。她是固执己见的；她总是要让人听她的（当然，莉莉提醒自己——我是在思考她处理同性之间关系的态度，而我毕竟年纪比她小，是个微不足道的人，又住在遥远的布罗姆顿路）。她打开卧室的窗户。她关上门。（她尝试着在头脑中想象拉姆齐夫人的做派。）她深夜来到莉莉的卧室门口，手里提着一盏灯，敲了敲门，她身上披着一件旧的毛皮外套（她的美丽外表不修边幅，所以总是打扮草率，但却很恰当），无论发生了什么事她都能给你再表演一遍——查尔斯·塔斯莱丢了他的雨伞；卡迈克尔先生在带着鼻音轻声抱怨；班克斯先生在说："菜里的盐分都流失了。"这一切她都能活灵活现地重新演给你看，甚至还会恶作剧地歪曲夸大，然后她朝窗户走过去，一边假装说她得走了——天亮了，她能看见太阳升起来了——一边半转过身子，露出更加亲密的表情，仍旧不断笑着，她说莉莉必须结婚，敏塔必须结婚，她们都必须结婚，因为一个女人无论在这个世界上获得过什么荣誉（但是拉姆齐夫人并不关心莉莉的画），或是获得什么胜利（也许拉姆齐夫人获得过这样的胜利），说到这里她变得难过，神色黯然，她回到椅子旁，又接着说，有一点是不用争论的：一个不结婚的女人（她轻轻握了一会儿莉莉的手），一个没有婚姻的女人会错过生命中最好的东西。这栋房子里似乎全是熟睡的孩子，拉姆齐夫人屏息聆听，被灯罩遮住的灯光，还有孩子们均匀的呼吸。

哦，但是，莉莉想说，她还有她的父亲，她的家，甚至，她想说，她的画。但是这些与婚姻比起来，似乎都只是纯粹的小事情。现在，夜色褪去，白天的帷幕已经拉开，小鸟在花园里叽叽喳喳，这时她拼命鼓足勇气，强调自己应该被排除在这普遍性的定律之外；她恳求不婚；她喜欢独身一人；她想做自己；她天生就不适合婚姻。这时，拉姆齐夫人就会用她那无比深邃的眼睛严肃地瞪着她，她不得不与拉姆齐夫人那简单又自信的真理相对抗（她现在像个孩子），她亲爱的莉莉，她的小布里斯科，真是个小傻瓜。她一直把头靠在拉姆齐夫人的大腿上笑个不停，她一想到几十年来，拉姆齐夫人带着那毫不动摇的冷静态度，一直想把自己完全无法理解的东西强加于人，就笑得有些失控。拉姆齐夫人就坐在那儿，单纯而严肃。她现在已经恢复了对拉姆齐夫人的认识——这就是那只扭曲手套里的手指。但是拉姆齐夫人进入了怎样神圣的禁区之中呢？莉莉·布里斯科终于抬起了头，她看到拉姆齐夫人坐在这里，完全没有理解她为什么会这般大笑，依旧想要说服她，但是之前的固执消失了，取而代之的是一种非常清晰明确的态度，就好像云朵终于散开，露出了天空一样——就像月亮四周那一小片沉睡的夜空。

这就是智慧吗？这就是学问吗？难道这又是美丽用来欺骗人的手段，把一个人的全部理解力在追求真理的中途羁绊在一张金色的网中？或者拉姆齐夫人保守着某个秘密，而人们只有拥有它，这个世界才能继续运转？没有人像她这样每日忙忙碌碌。但是如果他们知道了这个秘密，他们会分享它吗？莉莉坐在地板上，手臂紧紧环着拉姆齐夫人的膝盖，她微笑着，思忖着拉姆齐夫人永远不会知道这种压抑感产生的原因，她想象着这位用手抚摸着她的女人的心灵密室中，矗立着写满了神圣铭文的碑石，就像帝王的陵墓中的宝藏。如果有人能够把这碑文拼读出来，它就会告诉你一切，但这神秘的文字永远都不会被公开展现在世人面前。这个需要有爱和灵巧才能进入的密室，里面究竟有什么奥秘呢？有什么办法可以让一个人和他所爱的人，似水倾入壶中一样，不分彼此地成为一体吗？躯体能达到这样的结合吗？精妙地混合在大脑复杂结构中的思想，能达到这样的结合吗？或者人心能够达到这样的结合吗？爱，就像人们所说的那样，能够让她和拉姆齐夫人合二为一吗？她渴望的不是知识，而是合二为一，不是弄清楚那碑文，不是任何可以用男人理解的语言写的什么东西，而是亲密本身。她曾以为这就是知识，她把头倚在拉姆齐夫人的膝盖上想。

　　什么也没有发生。什么也没有！当她把头倚在拉姆齐夫人的膝盖上时，什么也没有发生！然而，她知道，知识和智慧就储藏在拉姆齐夫人的心中。那么，如果人们都这样自我封闭，别人如何才能知道关于这个人的事情呢？她自问。你只能像蜜蜂一样，被空气中散发的既捉摸不到也品尝不到的某种甜蜜或浓香所吸引，频繁地出没于那圆丘形的蜂巢之间；你独自在世界各国空气的荒漠中徘徊，然后出没于那充满嗡嗡声的躁动的蜂巢中。而那蜂巢，就是人们。拉姆齐夫人站了起来。莉莉也站了起来。拉姆齐夫人离开了。接下来的几天中，她耳边总是围绕着生动的嗡嗡声，比拉姆齐夫人的任何话语都要生动，就好像一场梦境过后，梦中的人也发生了一些微妙的变化，而且，当拉姆齐夫人坐在客厅窗边那把柳条编的扶手椅上时，她在莉莉的眼中便显得非常威严，就像是一座带有拱顶的圣殿。

　　莉莉的目光和班克斯先生的目光平行，看向坐在那里读故事的拉姆齐夫人，詹姆斯正倚靠在她的膝盖上。但是，当她还在继续看着时，班克斯先生已经收回了目光。他戴上了眼镜。

他后退了几步。他举起了手。他微微眯起他清澈的蓝眼睛，这时莉莉刚回过神来，看到班克斯先生正在看向她的画，就像一条狗看到一只举起来要打向它的手一样，她畏缩了。她恨不得一把将她的画从画架上撕下来，但是她对自己说，一个人必须要经受这种考验。她鼓起勇气，忍受着别人端详自己作品的这件恐怖的事情。一个人必须要经受这种考验，她说，必须要。如果这幅画一定要被别人看，让班克斯先生看比让别人看更放心。但是其他任何人都能看出来这幅画是她三十三年人生的缩影，是她每天的生活和一些她从来没有提及或展露出来的秘密的混合体，这让她很痛苦。但是同时这又让她无比激动。

班克斯先生掏出一把铅笔刀，用骨质的刀柄敲敲画布。没有比他更从容和温和的人了。她用在"这里的"这个紫色三角形色块象征些什么呢？他问道。

这是拉姆齐夫人在给詹姆斯读故事，她说。她知道他不会赞同的——没人会看出这是一个人的形象。但是她并没有追求形似，她说。那她为什么要画上这两个人呢？他问道。到底为什么呢？——也没为什么，在画面的那个角落，色彩很明亮，在这里她感觉应该增加一些暗色调。这个理由简单、容易理解，这种做法也很常见，班克斯先生对此却很感兴趣。那么，这里是母亲和孩子，是被人们普遍尊重的对象，而这位母亲又以美貌闻名——他们在这幅画里被缩减成了一个紫色的形状，而且没有半点轻视的意思，他沉思着。

但是这幅画并不是画他们两个的，她说。或者说，不是像他所理解的这样。还存在着其他的意义，人们也可以在这种意义上对他们表示敬意。比如，这里的阴影和这里的光。这就是她表达自己敬意的形式，如果，如她隐约思考的那样，一幅画一定要表达某些敬意的话。一位母亲和一个孩子的形象可以不带有任何轻视的意味就被缩减为一片阴影。这里的色彩很明亮，所以需要加一些暗色调。他沉思着。他对此很感兴趣。他以十足的科学的态度来看待这件事。事实上，他对莉莉这样画并无任何偏见，他解释道。他家的客厅里挂着的那幅最大的画受到很多画家的赞扬，而且他们的估价比他购进时的价格还要高，这幅画画的是肯内特海岸盛开的樱花树林。他曾在肯内特的海边度过了他的蜜月，他说。莉莉一定要光临他的住所看看那幅画，他说。但是现在——他转过身来，往上推了推眼镜，以一种科学的分析态度审视着莉莉的画。既然有待分析的问题是物体之间的关系、光与影的关系，坦白说，这些问题他从前从来没有思考过，他想让这些问题得到解释——她是想借此来表达什么？他指着他们面前的这幅画问道。她看着它。她无法向他解释清楚她究竟想表达什么，她手里没有拿着画笔的时候，她甚至都看不见它。她重新摆出以前作画时的姿势，眯着近视的眼睛，带着一副心不在焉的神情，把自己所有的女性感觉都压制下去，去感受某种更普遍的意义；她仿佛又一次看到了她曾经清清楚楚看在眼里的那片景象，而现在她必须在这些树篱、房子、母亲、孩子之中找到这个画面。她想起来了，怎样把右手边的这个物体和左手边的这个衔接起来，这可是个问题。也许她可以让树枝的线条延伸过来，或是在前景部分的空缺处画一个物体（也许是詹姆斯）来填补空白。但这样一来画作的整体性可能会遭到破坏。她停下来；她不想让他感到无聊；她轻轻地把画布从画架上取了下来。

但是它被别人看过了；它从她这里被别人接受了。而这个男人和她分享了内心深处某些最私密的东西。这一切要感谢拉姆齐先生，感谢拉姆齐夫人，感谢这恰好的时间和地点，要感谢这个拥有她从未质疑过的充满力量的世界——她可以不再一个人孤独地走过那条长长的画廊，而是和另一个人手挽手同行——这是世界上最令人陌生的感觉，也是最令人兴奋的感觉——她拧动画箱的把手，由于用力过猛，那颜料盒上的钩子无休止地画着圈旋转，永远地把颜料盒、这片草地、班克斯先生和那个直冲过来的淘气鬼凯姆圈在了里面。

10

　　冲过来的凯姆跟画架擦身而过，她不会为班克斯先生和莉莉·布里斯科停下脚步，尽管非常想要一个自己的女儿的班克斯先生朝她伸出了手。她甚至不会为她父亲停下脚步，她和拉姆齐先生擦身而过，她也不会为了她的母亲而停下来，尽管拉姆齐夫人在她跑过身边时喊道："凯姆！过来待一会儿。"她就像一只飞鸟，一颗子弹，一支离弦的箭，谁知道，她是被什么欲望或动力驱使着，被谁推动的，又朝着什么而去呢？是什么，是什么呢？拉姆齐夫人看着自己狂奔的女儿，思忖道。也许是一个贝壳，或者是那辆花园里的手推车，或者是远处树篱边上的一个童话王国的幻影，或者她仅仅是追求速度，没人知道。但是当拉姆齐夫人第二次叫"凯姆！"时，这枚发射中的小炮弹中途熄火了，凯姆慢吞吞地朝回走了，中途还揪下一片叶子，回到了母亲身边。

　　她在琢磨些什么呢，拉姆齐夫人寻思着，她看着女儿站在那儿出神，沉浸在自己的思绪中。于是拉姆齐夫人又重复了一遍自己的话——去问问玛德雷特，安德鲁、多伊尔小姐和雷莱先生都回来了没有？——这些话就好像沉进了井里，即使这井水是清澈的，它们在沉底的过程中却奇异地盘旋扭曲着，在孩子的头脑里留下一幅只有天晓得什么样的图案。拉姆齐夫人只有耐心等待着，听着厨房里一个面颊红润的老妇人正喝着餐盘里的汤，才终于使自己的女儿像学舌的鹦鹉一样，准确地记住了玛德雷特的每句话，又耐心地等待着，等她用一种干巴巴的、似歌曲一般的声调把这些话重复出来。凯姆在重复这些话时，把身体的重心从一只脚换到另一只脚，她学着老妇人的话："不，她们还没有回来。我已经让爱伦把下午茶具都收拾撤下啦。"

那么，敏泰·多伊尔和保罗·雷莱还没有回来。这只能说明，拉姆齐夫人想，她要么接受了他的求婚，要么拒绝了他。他们吃完午饭就出去散步了，直到现在还没有回来，不过安德鲁也和他们在一起——这能意味着什么呢？除非她已经做出了正确的选择，拉姆齐夫人想着（她非常非常喜欢敏泰），决定接受这个棒小伙儿。他也许并不出色，但是拉姆齐夫人思忖着——发觉詹姆斯在拉扯她的衣服，让她继续为他读渔夫和他老婆的故事，她自己内心无限倾向于选择一个忠厚的小伙子而不是一个只会写论文的聪明男人，比如查尔斯·塔斯莱。她现在肯定已经做出了选择，不是接受了他就是已经拒绝了他。

她继续读道："第二天天刚刚亮，渔夫的妻子先醒过来了，她看到自己床前有一片美丽的乡村景色。她的丈夫还在伸懒腰……"

但是，敏泰现在怎么能说不愿意接受他呢？既然她同意花上整整一个下午跟他独自在乡间漫步——因为安德鲁可能离开他们自己去捉螃蟹了——不过南希也可能跟他俩在一起。她尝试回忆起他俩午餐后站在门厅门口时候的情景。当时他俩站在那儿，抬头看天，聊着天气，而拉姆齐夫人一方面想着掩饰他们的害羞感，一方面想鼓励他俩出去（因为她对保罗很有好感），便说道：

"方圆几英里内，一丝云彩都没有。"她说这话的时候就隐约听到跟在他们后面走出来的查尔斯·塔斯莱先生在窃笑。不过她是故意这么说的。她不确定南希当时是不是也在旁边，她在头脑里用回忆之眼搜寻着。

她继续读道："'啊，夫人，'渔夫说道，'我们为什么要当国王呢？我并不想当国王。''好吧，'渔夫的妻子说，'如果你不想当国王，那我就当；去找那条鱼吧，我要当国王。'"

"凯姆，你要么就进来，要么就出去。"拉姆齐夫人说，因为她知道凯姆只是被"那条鱼"这个词吸引了，她不一会儿就会不耐烦，然后又会像往常一样跟詹姆斯吵架。凯姆出去了。拉姆齐夫人松了一口气，继续念着这个故事，她和詹姆斯有着同样的爱好，在一起非常愉快。

"当他来到海边时，海水是暗黑色的，海浪从下而上地翻滚着，散发出一股腐臭的气味。渔夫走上前说道：

> 海里的鱼儿，
>
> 我祈求你现身，
>
> 我的妻子伊莎贝尔，
>
> 不想要我求的心愿。

'那么，她现在又想要什么呢？'鱼儿问道。"他们俩现在在哪儿呢？拉姆齐夫人寻思着，她很轻松地边读故事边想这件事，因为渔夫和他老婆的故事就像是一支曲子中轻柔的低音伴奏部分，它会出乎意料地穿插到主旋律之中。应该在什么时候告诉她呢？如果什么都没发生，她要严肃地和敏泰谈一次话。她不能就这样和保罗在乡间到处闲逛，即使南希和他们在一起也不合适（她又一次尝试着用目光锁定他们沿小路而下的背影，徒劳地想数清楚同行的到底是几个人）。她对敏泰的父母——猫头鹰和拨火棍要有交代。这是她在读故事时脑中浮现出的给敏泰父母起的外号。猫头鹰和拨火棍——是的，他们如果听到了肯定会恼怒的——他们以后肯定会听到——敏泰待在拉姆齐家时，曾经被看见怎样怎样。"他是英国下议院的议员，而她能干地协助丈夫成了人上人。"她自语道，这句话她曾经有次在和拉姆齐先生一起从某个聚会回家时，为了让他高兴而这样说过，记忆中又浮现出敏泰父母的形象。天哪，天哪，他们怎么生出了这样一个丝毫不像他们的女儿呢？这个假小子一样的敏泰，长筒袜上还破了一个洞的敏泰？她家的气氛总是严肃而郑重，女仆总是一刻不停地在用簸箕清除一只鹦鹉撒在地上的沙子，而聊天的内容也总是围绕着那只鹦鹉的"丰功伟绩"——也许这很有趣，但还是有点狭隘——她是怎样在这种家庭环境中生活的呢？自然地，他们邀请她去做客，午餐、下午茶、晚餐，最后和他们一起在芬莱住了一段时间，这期间她和她的母亲——猫头鹰发生了一些摩擦；后来，谈话更多，拜访更多，沙子也更多，最后，她说了太多的关于那只鹦鹉的谎话，够她受用一辈子的了（那天晚上从聚会回家的路上，她就是这样跟她丈夫说的）。不管怎样，现在敏泰来了……是的，她来了，拉姆齐夫人想道，并在这团乱糟糟的想法里发现了一根刺。她把这团纠缠的思绪解开，发现事实原来是这样的：一个女人曾经谴责她"夺走了她女儿的爱"；多伊尔夫人说过的一些话又让她回忆起了这番指责。总想支配他人，总想干涉他人，总想让他人照自己的愿望来做——这就是对她的指控，她认为这极其不公。她怎样才能看上去"不像那个样子呢"？没人可以指责她故意竭力给人留下深刻印象的这件事。她经常为自己的不足而感到羞愧。她既不盛气凌人，也不专横独裁。事实上，如果事关医院、排水管和牛奶厂，他们或许说得没错。她对这类事情确实充满激情，如果有机会的话，她真想抓着别人后脖颈强迫他们来关注这些问题。整个岛上没有一所医院。这真丢人。在伦敦，牛奶送到家门口的时候都已经被尘土染成棕色了。这是不合法的。应该在这里建立一所正规的医院和牛奶厂——这两件事是她想亲自去实现的。但怎么实现呢？和这些孩子们一起吗？等他们再大一些，也许到时候她就有时间了，那时他们都上学了。

哦，可是她决不希望詹姆斯这么快长大！凯姆也不要长大。她希望这两个孩子永远是现在这样，一个淘气的魔鬼，一个欢乐的天使，她一点也不想有天看到他们长大成为腿儿长长的怪物。这个损失是没有办法弥补的。当她刚才对詹姆斯读到"那里有许多士兵，他们敲着大鼓，吹着喇叭"时，他的眼神黯淡了，她想，孩子们为什么要长大，随之失去这份天真呢？詹姆斯是她所有孩子中最有天赋、最敏感的那个。不过，所有的孩子都很有前途，她想。普鲁跟别人相处时是个完美的小天使，现在有时候，尤其是在晚上，她的美令人屏息凝神。安德鲁——连她的丈夫都承认这个孩子有着非凡的数学天赋。南希和罗杰，他们现在还是两个野孩子，整天在乡间到处转悠。而露丝，她的嘴有点大，但是她有灵巧的双手，这是她了不起的天赋。如果大家一起玩字谜游戏，露丝就负责给大家缝制服装，制作所有道具；她最爱收拾桌子，摆弄插花，什么都喜欢拾掇。她不喜欢贾斯帕打鸟，但这只属于他成长中的一个阶段，他们都在经历成长中的阶段。拉姆齐夫人把下巴贴在詹姆斯的脑袋上，自问道，为什么孩子们都这么快就长大了？为什么他们都要去上学呢？她真想能一直有个小宝宝留在自己身边。如果怀里总是抱着一个宝宝，她就是世界上最幸福的人了。也许人们会因此说她是个独断、有控制欲的女人，她对此并不在乎。她用嘴唇轻触小詹姆斯的头发，心想，他以后长大了可能再也不会像现在这么无忧无虑了。但是她停止了这种想法，她想起她丈夫如果听到她这样说会非常生气。然而，这是真的。他们以后再也不会像现在这样快乐了。一套十个便士的茶具，就能让凯姆高兴好几天。早上孩子们醒来的时候，她听到他们在她头顶上的地板上跺着脚、吵嚷着。然后他们从走廊冲下来。门一下子被推开了，他们冲进来，就像鲜嫩的玫瑰一样，没有困意，睁着大眼睛，好像每天在早餐时间过后来到餐厅对他们而言是一件非常有意义的大事，诸如此类的事情一件接着一件，一天就这样过去了，直到她上楼去跟他们道晚安，发现他们都躺在了装有护栏的儿童床上，就像窝在樱桃和木莓之间的小鸟，继续叽叽喳喳地编造着一些无关紧要的小事——一些他们听到的事情，一些他们在花园里偶然遇到的事情。他们每个人都有自己的小小宝藏……然后，她走下楼，对她的丈夫说道，为什么他们一定要长大，失去这一切呢？他们再也不会像现在这么快乐了。于是，他很生气。为什么要对生活持有这么悲观的看法呢？他说。这不合情理。这种想法是很奇怪的，然而她相信这是真的，尽管她的丈夫偶尔有忧郁和绝望的情绪，可是从整体上看，他却比她更快乐，也更对未来充满希望。他比她更少地暴露在人生的各种烦恼面前——也许这是原因。他总是有工作可以寄托。她本身并不像他指责的这样，是个"悲观主义者"。她只是想到了生活——想到延伸在她眼前的一小段光阴——她以往五十年的生活。生活就在她的眼前。生活——她思考着，不过她没有完成这个思考。她看了生活一眼，因为她对它有着清晰的认识，它是真实的，它是私密的，她从不会和孩子们或丈夫分享它。她和它之间好像有某种交易，她是一方，生活是另一方，她总想去占它的好处，而它也想占她的好处；他们有时候会谈判（当她一个人独坐时）；她记得也会发生重大的和解场面，但是很奇怪，在大多数时候，她必须承认，被称为生活的这个家伙是可怕的、敌对的，只要你给它一个机会，它就会跳起来扑到你身上。生活中总是有永远存在的问题：痛苦、死亡和贫穷。总是有某个女人要死于癌症，甚至这里就有。她对所有孩子都说过，你们都会经历这些。她对这八个人冷漠地说过这些（还有暖房的修理费用会高达五十英镑）。她知道这些孩子将来都会经历什么——他们会品尝到爱情，拥有野心和抱负，也会不幸地凄凉地身处无聊的境遇中——她经常会有这种感觉，为什么他们一定要长大而失去现在这一切呢？转身，她又向生活挥舞着手中的剑，对自己说，这都是胡思乱想罢了。他们会非常幸福的。现在她思考着如何撮合敏泰和保罗结婚，却又一次感到生活的险恶，因为不管她如何看待自己与生活做的交易，她对此已有了一定的经验，尽管这些经验不是人人都需要经历的（她自己也不会一一将它们列出）。她被某种力量驱使着——她知道太快了——就好像这对她来说也是个解脱。她要说：人们必须结婚；人们必须要孩子。

　　她是不是错了呢？她自问道。回想起最近这一两周自己的行为，她是不是给敏泰施加过压力，逼她做出决定了呢？她才二十四岁呀。她感到不安。她没有嘲笑过这件事吗？她没有忘记她对别人有多么大的影响吗？婚姻需要的——哦，各种各样的条件(暖房的修理费用可能高达五十英镑)。有一个条件——她没有明说——是最根本的,她和她丈夫具备了这个因素。他们具备吗?

"于是渔夫穿上裤子,像疯子一样跑出屋去,"她读道,"但是外面狂风大作,暴雨倾盆,风雨之大让他连站都站不稳,房屋和大树都被掀翻了,远处的山在颤抖,岩石崩塌下来,滚进海里,天黑压压的,电闪雷鸣,海水向陆地涌来,黑色的海浪就像教堂的尖塔和山峰一样高,浪尖上顶着白色的泡沫。"

她翻过这页,只有几行字了,她今晚可以讲完这个故事了,虽然已经过了就寝时间。天黑了。花园里光线昏暗,花儿泛白,叶子发灰,这一切都让她心生焦虑。她起初并没有想出这焦虑的来源。然后她想起来了,保罗、敏泰和安德鲁还没有回来。她试着在眼前重现他们几个临出发时的样子,他们当时站在大厅门口前的露台上,抬头看天。安德鲁拿上了网兜和篮子,这意味着他要去抓螃蟹和其他小玩意儿。这也意味着他可能会攀上一块凸出的岩石,他可能会脱离同行的人。或者,他们在回来的路上,在经过悬崖边那狭窄的只容一人通行的小径时,有人可能会失足滑下。有人可能会滚下悬崖,摔得粉身碎骨。天越来越黑了。

但是她没有让自己的声音有一丁点变化，她讲完了故事，合上书，看着詹姆斯的眼睛，又加上几句话，好像这几句是她自己编造出来的，她说："他们直到现在还这样生活呢。"

　　"故事结束了。"她说，她看到他眼睛里对故事的兴趣消失了，被某种其他的东西取而代之，犹豫不定、苍白，仿佛一道光芒，瞬间让他屏息凝视，为之惊叹。她转过头，目光越过海湾，望向远处，在那里，在浪涛之中，灯塔发射出的光柱清晰而规律。这光柱先是快速地闪了两下，接着又变成了一道长长的、稳定的光柱。灯塔已经被点亮了。

　　他马上就会问她，"我们要到灯塔去吗？"她将不得不回答，"不，明天不行，你父亲说过了不行。"然而幸运的是，玛德蕾特进来找他们了，她的裙撑弄出的响声分散了他们的注意力。但是当玛德蕾特抱詹姆斯出去时，他还是从她肩膀上一直回头望着灯塔，她知道他肯定在想：我们明天去不成灯塔了。她想，他这辈子都会记着这件事。

11

　　是的，孩子们是永远不会忘记的。她一边想着，一边把詹姆斯剪下来的图片收拾到一起——一台冰箱、一架割草机和一个穿着晚礼服的绅士。正是因为孩子们记性好，一个人在他们面前的言行是非常重要的，只有等他们进入梦乡才是一种解脱。这时候她就不用考虑任何人了。她可以做回自己，与自己相处。正是像现在这种时刻，她经常感到需要——思考。好吧，即使不思考，能安静下来，能独处就好。所有那些蔓延的、发光的、有声的存在和行为，似乎都在逐渐消失，而一个人这时候却好像在收缩，带着一种庄重的感觉，收缩成了一个楔形的黑暗硬核，这是他真正的自己，这是别人所看不见的。她虽然还在织着长袜，坐得也笔直，但是她却正在感受自我。这个自我摆脱了所有的牵挂，可以去经历最奇特的冒险。当生活有时陷入低谷时，经验的外延便似乎无穷无尽。她想，也许每个人都觉得自己无限丰富。她自己，莉莉，卡迈克尔先生，每个人都会感觉到别人所了解的我们的幻影都是肤浅可笑的，在这表象之下，是一片黑暗，是一个在无限延伸着的、深不见底的世界，但是我们会不时地浮到表面上来，这就是你们能看到的我们。她内心世界的地平线似乎没有边际。这里还有那么多她没有看到过的地方，比如印度的平原。她感觉自己正身处一座罗马教堂，正拉开那厚厚的皮质的窗帘。这个黑暗的内核可以去任何地方，也不会被人所见。她得意地想，人们不能阻止它。这里有自由，这里有安宁，这里有她最想要的——把分散的心神重新召回到一起，安稳地休憩。根据她的经验，一个人作为自己是不能安稳地休憩的（她用毛衣针织出了一些灵巧的图案），但是一个楔形的黑暗内核可以。如果一个人失去了个性，那么他将不再有烦恼，不再焦虑，不再骚动。想到这里，她的思绪停顿了一下，她望向窗外，正看到灯塔上发射出的最后一束光，那是一道悠长的、稳定的光束，仿佛只属于她。一个人在这种心境下看到一些事物时，总是情不自禁地把自己和那事物联系起来，这悠长而稳定的光束，是属于她的光束。她发现自己经常是坐着望着，坐着望着，手里做着活计，直到她感到自己成了自己所望着的东西——比如说，那束光。而在她脑子里想着的一些话或其他某些东西也会投射到她望着的东西上面，就像——"孩子们不会忘记的，孩子们不会忘记的"——她一直重复着这句话，又加了一句——这一切都会结束的，这一切都会结束的，她说。会到来的，会到来的，她突然又补充了一句，我们的命运都在上帝的手中。

但是，她立刻因自己说出了这样的话而感到生气。是谁这样说的？不是她，她是一时糊涂才说了这样言不由衷的话。她把目光从手里的活计上挪开，看到了灯塔上射来的第三道光束，就好像她自己的目光碰到了自己的目光，就好像她此时在独处，能够探知自己的思想和心灵，把一切存在的谎言都赶了出去。她赞美了那光束，亦毫无虚荣之心地赞美了自己，因为她如光束一样严肃而美丽，不断地在探索。这真是奇怪，她想，为什么一个人在独处时那么喜欢和没有生命的东西打交道，树木、溪流、花朵，这些东西好像在表达人的思想，这些东西好像变成了有生命的人，这些东西好像能理解和明白人，从某种意义上说，它们成了一个人。于是，她感到一种无法言喻的柔情（她望着那道长长的、稳定的光束），就好像想到了自己一样。她停下了手里的毛线针，目不转睛地凝望着，在那心灵之湖上，升起一团袅袅青烟，好像是一位美丽的新娘要去见她的新郎。

是什么使她说出"我们的命运都在上帝的手中"？她思索着。她一贯坚持真理，却让这不真诚的言语钻了空子，这让她一下子清醒起来，气愤不已。她继续编织起毛线袜子。怎么可能有什么造物主创造出这个世界呢？她自问道。依她来看，她认为真相就是，这个世界并没有什么道理、秩序和公正，有的只是忍受，死亡和贫穷。在这个世界上，什么样的背信弃义行为都有可能发生，她知道；没有什么幸福是能够持久的，她也知道。她神情克制，镇定地织着袜子，她的嘴唇轻轻地向上噘起，然而她并没有意识到，这表情是如此僵硬，使得她的面部线条呈现出一种习惯性的严肃轮廓；当她的丈夫经过时，尽管他当时脑子里正在想着哲学家休谟因为太胖而陷在泥地里动弹不得，想到乐处还暗自发笑，却也不禁留意到了她美貌之中的严肃。这让他很伤心，她的这种疏离感让他很难过，当他经过时，他觉得自己无法保护她，当他走到树篱那里时，他感到很难过。他什么忙也帮不上她。他只能站在这里看着她。没错，糟糕的事实就是，他只能让她的事情更糟。他容易发火——他脾气急躁。他刚才就因为去灯塔的事情发火了。他看向树篱，看向交错茂密的枝叶和背后的黑影。

拉姆齐夫人经常觉得，一个人会通过抓住一些细微的东西来勉强让自己摆脱孤独感，比如一些声音，或是一些光亮。她侧耳倾听，不过周围一片寂静，板球结束了，孩子们都在洗澡，耳畔只有海浪的声音。她停下了手里的活计，她把这双红棕色的袜子在手里拎了一会儿。她又看见了光束。当人从沉思中清醒过来时，他和事物之间的关系便起了变化，所以此刻她略带讥讽和疑问地看着这光束，它既无情又严肃，多么像她自己呀，又多么不像她自己呀。这束光把她牢牢地控制住了（她半夜醒来，看到这束光照在床上，又延伸到地板上），尽管如此，她还被这束光强烈吸引了，她着迷地看着它，好像被催眠了。它好像在用银色的纤指轻柔地抚摸着她大脑里的某个被密封的器皿，一旦这个器皿被开启，便会给她带来洪水般的欢乐，她曾经品尝过的幸福滋味，美妙的幸福，强烈的幸福，那束光给汹涌的海浪披上了一层银色的、明亮的光，当白日的光芒逐渐退去，大海隐去蓝色，柠檬色的波涛奔涌而来，起伏着，拍打着海滩。这时，她眼里充满了极乐的狂喜，纯粹且欢乐的浪涛涌进了她的心底，她觉得，这就足够了！这就足够了！

他转过身来看到了她。啊！她现在真美，比他在任何时候所能想象的都美。但是他不能跟她说话。他不能去打扰她。他急切地想现在就和她说话，说詹姆斯离开了，她终于可以自己待会儿了。但是他下定决心，不，他不能打扰她。她现在的美丽和孤独让他感到疏远。他会让她继续这样，他经过她面前时一言不发，尽管这让他心里很难过。她看起来如此有距离感，他不能到她面前去，他不能帮助她。他又将再一次地从她面前经过，不发一言，而就在这个关键时刻，她主动叫住了他，因为她知道他永远也不会开口说话，她叫住他，取下了画框上那条绿色的披肩，走到了他身边。因为她知道，他希望他能保护她。

12

她把那条绿色披肩围在肩膀上。她挽起他的手臂。他是如此英俊，她说，她开始谈论园艺工肯尼迪，他一下子变得帅气十足，她不能解雇他。靠着暖房的墙边摆着一架梯子，上面落着几块油灰，工人们开始修理暖房了。是的，当她和丈夫往这边闲逛过来的时候，她感觉到那个特别令人忧虑的存在，已经在等她了。在他们逛到这儿时，她的话已经到了嘴边，"这要花五十英镑"，可是，她没有勇气提钱，却说起了贾斯帕猎鸟的事，他的回答让她立刻得到了抚慰，这对于一个男孩子来说是正常的，他相信贾斯帕不久后肯定会找到别的消遣。她的丈夫是如此通情达理，如此公正。于是她说："是的，所有的孩子都要经过各种成长阶段。"她开始考虑大花坛中的大丽菊，寻思着来年的花会开得怎样。她又问道，他听到孩子们给查尔斯·塔斯莱起的外号了吗。无神论者，他们叫他渺小的无神论者。"他可不是一个文雅且有教养的典范。"拉姆齐先生说。"差得远呢。"拉姆齐夫人回答。

她觉得让他顺其自然就好，拉姆齐夫人说，她在想要不要给暖房花匠送去一些花的球茎，他们会种植吗？"哦，他要写他的论文。"拉姆齐先生说。她知道那个论文，拉姆齐夫人说。他除此之外不谈别的。那是篇关于某人对某事的影响的文章。"是的，这是他唯一能指望的东西了。"拉姆齐先生说。"上帝保佑，他不要爱上普鲁。"拉姆齐夫人说。如果普鲁和塔斯莱结婚，他就让她丧失继承权，拉姆齐先生说。他并没有去看他妻子正在谈及的大丽菊，而是看向它们上方一英尺左右的地方。他人并不坏，他补充道，他刚要说他是全英格兰唯一崇拜他的人——他把这句话咽了回去。他不能再拿他的那些著作来烦她。这些花看起来真是不错，拉姆齐先生一边说，一边把目光往下移动了一些，他注意到了一些红色和褐色的东西。是的，不过这些可是她亲手种下的，拉姆齐夫人说。问题在于，如果她叫人把球茎送到暖房来，肯尼迪会种吗？他的懒惰无可救药。她一边补充道，一边继续往前走。如果她手里拿把锹整天站在他旁边，他有时也会干点活儿。他们就这样闲聊着，朝火红的栅栏走去。"你在教你的女儿们夸大其词。"拉姆齐先生责备她说。她的姨妈卡米拉远比她更甚，拉姆齐夫人反驳道。"没人觉得你的卡米拉姨妈是个美德的榜样，我觉得。"拉姆齐先生说。"她是我见过的最美的女人。"拉姆齐夫人说。"算不上吧。"拉姆齐先生说。普鲁将来会比她还要漂亮得多，拉姆齐夫人说。他可一点儿也没看出来，拉姆齐先生说。"那么，今晚好好看看吧。"拉姆齐夫人说。他们的脚步停住了。他希望能让安德鲁更用功些。他如果不努力就可能失去获得奖学金的机会。"哦，奖学金！"她说。拉姆齐先生认为她说这句话的样子很蠢，这是一件很严肃的事情，这是奖学金。如果安德鲁获得了奖学金，他会为他感到非常骄傲。如果他没有获得奖学金，她一样会为他感到骄傲，她说。他们在这件事情上的意见一直无法达成一致，但是这并不要紧。她喜欢他如此看中奖学金，而他喜欢她无条件地为安德鲁而骄傲。她突然记起了悬崖边上的那些小径。

　　不是已经很晚了吗？她问道。他们还没有回家。他"啪"的一声随意地翻开表盖。可是现在才刚刚过了七点钟。他让表盖就这么打开了一会儿，心里决定要把他刚刚在露台上的感受告诉她。首先，这样的紧张情绪是毫无道理的。安德鲁可以照顾好自己。然后，他想告诉她当他刚才在露台上踱步时——说到这儿他变得不自在起来，好像他破坏了她的宁静与孤独，打破了她的超然和淡漠……但是她催促他说下去。他想告诉她什么呢，她问道，她想应该是关于到灯塔去那件事情，他感到很抱歉，他说了那句"该死"。不是。他不喜欢看到她如此悲伤，他说。纯粹只是有些出神罢了，她反驳道，脸色有些微微泛红。他们两个人都感觉不太自在，好像他们不知道是该继续往前走还是返回去。她一直在给詹姆斯读童话故事，她说。不，他们在这个话题上装着没有可分享的，他们聊不下去。

　　他们走到了装着火红色铁栅栏的两簇树篱之间的空隙处，从这里又可以看到灯塔了，但是她不让自己望向它。如果她知道刚才他在看着自己，她想，她不会让自己坐在那里冥想。她不想看到任何提醒她自己曾经坐着出神的东西。于是，她侧过头去，望向镇子。那灯火连成一片，泛着涟漪，流动着，好像被微风牢牢托起的一串银色的水珠。所有的贫穷，所有的苦难，都汇进了这光亮中，拉姆齐夫人想着。镇上的灯光，港口的灯光，船上的灯光，那里好像漂浮着一个幽灵，在标明某些已经沉没的东西。好吧，如果他进入她的世界，拉姆齐先生想，那么还是离开吧，自己独处。他想继续思考，给自己讲那个休谟是如何陷在泥坑里的故事。他想借之大笑。但是首先他要说，没有理由为安德鲁担心。当他像安德鲁这么大时，他常常整天在村子里转悠，除了口袋里有一块饼干，身上什么都没有，没有人会为此而担心，或者挂念他可能会掉下悬崖。他大声说，如果天气好，他要出去散步一整天。他受够了班克斯和卡迈克尔了。他想要一点儿独处的时间。好的，她说。她对此不表示反对，这让他很生气。她知道他永远也不会这么做的。他现在年岁已高，已经过了那个口袋里揣块饼干就在村子里晃悠一天的年纪了。她担心男孩子们，而不是他。他们站在两簇装着火红色铁栅栏的树篱中间，他一边看着那片海湾一边想，多年以前，在他还未结婚的时候，他一散步就是一整天。在一家餐馆吃一片面包和奶酪就权当作午餐；他曾经一口气连续工作十个小时；只需要一个老妇人偶尔探头看下炉火。这是他最爱的村子，就在那儿；那些沙丘蜿蜒至远方，隐没在黑漆漆的夜中。你可以走上一整天都碰不见一个人。好几英里，没有一户人家，没有一座村庄。一个人可以独自思考，把问题思索得很深。那里有从来没有人涉足过的小沙滩。海豹直起身子来看着你。有时候他觉得，如果能身处在那儿的一栋小屋里，独身一人——他叹了口气，不再往下思索。他没有这个权利了。他是八个孩子的父亲——他提醒自己。他如果想把现状略微改变一点儿，他就是个自私的恶人。安德鲁会成为一个比他更优秀的男人。普鲁会变成一位美人，她的母亲是这样说的。他们的存在多少能阻挡住那股洪流。总的来说，这是一件杰作——他的八个孩子。他想，他们的存在表明，他并不会彻底地诅咒这个可怜的小宇宙，因为在这样一个晚上，他遥望着陆地延伸向远方的夜色，那座小岛似乎小得更加可怜，有一半已经被海水吞没。

"可怜的小地方。"他低声叹了口气。

她听到了他的叹息。他道出了最忧郁的事情，但是她发现他总是在说过了这样的话后，反而立刻比平常更愉悦。这种遣词造句就是个文字游戏，她想，如果他说的这种话换她来说，哪怕只说一半，恐怕她早就用枪把自己的脑子敲碎了。

这种文字游戏让她不快，她摆出一副实事求是的态度对他说，这真是一个迷人的夜晚。他还在抱怨些什么呢，她笑嗔道，因为她猜到了他在想什么——如果他还没结婚的话，就能写出更好的作品来。

他并没有抱怨什么，他说。她知道他并没有抱怨。她知道他没有什么可抱怨的。他抓住她的手，举到唇边，带着强烈的感情亲吻了一下，这让她热泪盈眶，他立刻松开了手。

他们转过身，离开了这片景色，手挽着手走上了一条长着银绿色矛形植物的小路。他的臂膀就好像是一个年轻小伙子的臂膀，拉姆齐夫人心想，又瘦又硬。她高兴地想，他是多么强壮啊，他已经年过六旬，却还是这般桀骜不羁、乐观开朗，他深知人世的各种险恶，然而这些非但没有让他消沉，反而让他更有活力，这是多么奇怪呀。这难道不奇怪吗？她反思着。确实，有时候，他看起来与众不同，他生来对平凡的事情视而不见，又聋又哑，而对于不寻常的事情，他却有一双鹰一般的眼睛。他的理解力经常使她感到吃惊。不过，他注意到这些花了吗？没有。他注意到这景色了吗？没有。他注意到自己女儿的美貌了吗？他的盘子里盛的是布丁还是烤牛肉？他坐在餐桌前面对着这些就好像在梦游。而且他大声说话、大声朗诵诗歌的习惯越来越厉害了，她对此很担心，因为有时候这很吓人——

最美好和最光明的日子已然消逝！①

可怜的吉廷斯小姐，当她突然听到拉姆齐先生对她吼出这句诗时，她几乎吓得魂儿都飞出来了。不过，这种时刻拉姆齐夫人会立刻站在丈夫这边，对抗所有像吉廷斯小姐一样的傻瓜，她想着，在他的胳膊上亲昵地捏了一下，他上山走得太快了，她有些跟不上，她要停下来看看坡上的鼹鼠丘②是不是新鲜的，接着，她弯下腰查看，心想，他这样伟大的头脑跟我们肯定在每方面都是不一样的。她认识的所有伟人——她一边思考，一边看着坡上的洞，心想，肯定有一只野兔钻到这洞里去了——都是这个样子，而且对于年轻人来讲，只要听听他的讲座，看到他的模样，都是大有裨益的（虽然她觉得讲堂里通风不良，会让她感到压抑难忍）。但是如果不猎杀野兔，怎么才能保持土地的平整呢？她思考着。这可能是一只野兔干的，也可能是一只鼹鼠干的。反正有种动物正在糟蹋她的樱草花。她抬起头，看到几棵树的上面，天空中的星辰正在闪耀着第一束

---

① 出自珀西·比希·雪莱《致简：邀约》（*To Jane: The Invitation*）一诗。
② 鼹鼠打洞时留下的新鲜泥土。

光，她想让她的丈夫也看看，因为这景象让她感到强烈的喜悦。但是她没有这么做。他从来不看这些东西。如果他看了，他说的也只有"可怜的、渺小的世界"，再配上一声叹息。

刚才，他说"花很美"，想让她高兴，并装作在欣赏那些花。但是她非常清楚他并没有欣赏它们，甚至都没有意识到花的存在。这只是为了让她开心……啊，这不是莉莉·布里斯科和威廉姆·班克斯吗，他们在散步吗？她眯起近视的眼睛，聚焦在那对越走越远的背影上。是的，就是他俩。这不就意味着他俩要结婚吗？是的，必须是的！这是个多么棒的想法！他们必须结婚！

13

他去过阿姆斯特丹，班克斯先生和莉莉在草坪上漫步时说。他欣赏过伦勃朗的真迹。他去过马德里，但不幸的是，那天正好是耶稣受难日，普拉多美术馆闭馆了。他去过罗马。布里斯科小姐从来没有去过罗马？哦，她应该去看看——这对她将会是一次美妙的旅行——西斯廷大教堂、米开朗琪罗，还有帕多瓦大学，那里有乔托的杰作。他的妻子多年以来一直身体欠佳，所以他们游玩的地方不是很多。

她去过布鲁塞尔；她去过巴黎，但那次只是飞去看她生病的姨妈；她去过德累斯顿，那儿有很多名画她都没有看过。不过，莉莉·布里斯科思索着，也许不看这些大作更好，因为看了它们会不满自己的作品并失去信心。班克斯先生认为，莉莉可能想得太远了。我们不可能都是提香，也不可能都是达尔文，他说；同时，他质疑道，如果不是因为我们这样的平庸之人，达尔文和提香就不可能是我们心中的样子。莉莉想夸赞他一句，你不是平庸之辈，班克斯先生，她想这么说。但是他不想要恭维的话（大部分男人都喜欢听，她想），她对于她的冲动感到有点羞愧，就什么也没说。他说，他说的话也许对于绘画并不适用。不管怎样，莉莉真诚地说，她会继续画下去的，因为绘画令她感兴趣。是的，班克斯先生说，他确信她会的。他们此时走到了草地的边上，他询问她是不是在伦敦难以找到绘画题材，这时他们转身看到了拉姆齐夫妇。所以，这就是婚姻吧，莉莉想，就是一个男人和一个女人一起看一个小女孩扔一个球。这就是拉姆齐夫人那天晚上想告诉我的事情，她想。拉姆齐夫人围着一件绿色披肩，他们紧挨着站着，看着普鲁和贾斯帕扔垒球。突然之间，一种充满代表性与象征性的意义毫无缘由地降临到了他们身上，他们在黄昏中这样站立着，向前看着，也许是刚从地铁中走出来，或是正在摁门铃。他们是婚姻的象征，他们是丈夫和妻子。然后，片刻之后，这个超越了真实形象的象征性的轮廓沉没了，他们又变成了他们遇到的正在看孩子们玩垒球的拉姆齐夫妇。不过，尽管这会儿，拉姆齐夫人像往常一样微笑着迎接他们（哦，她在想我们要结婚了，莉莉想），并说"今晚我胜利了"，她的意思是说，班克斯先生这次终于同意和他们共进晚餐，而不是跑回他的小屋里吃他的仆人给他烧的菜。但是这一刻，却有一种某样东西被打碎了的感觉，那是一种空虚的感觉和不踏实的感觉——那个垒球被抛得很高，他们的目光追随着它，跟丢了它，却看到了一颗星星和悬在空中的树枝。在逐渐昏暗的光线下，他们显得那么单薄、缥缈、遥远。这时，从广阔的空间中跑回来了普鲁（因为一切似乎都一同消失了），她朝他们跑过来，十分灵巧地用左手高高地接住了球。她的母亲问："他们还没回来吗？"这句话打破了那令人心神恍惚的寂静境界。拉姆齐先生觉得，现在可以自在地大笑了，他想到休谟陷在泥沼里动弹不得，而来救他的老妇人非要他先念上一段主祷文才肯帮他，不禁咯咯地笑出声来，慢慢溜达着回书房去了。拉姆齐夫人把普鲁叫回来继续扔球，她躲开了一个球，问道：

"南希和他们一起出去了吗？"

14

[毫无疑问，南希和他们一起去了，因为在午饭后，南希
正准备钻进她的小阁楼，来逃避无聊的家庭生活时，敏泰·多
伊尔向她伸出了手，默默地邀请她同行。她猜她必须得去。她
其实并不想去。她一点儿也不想参与到这件事情中。当他们沿
着通往悬崖的那条路前进时，敏泰一直拉着她的手。然后她松
开了手。接着她又拉住了他。她想要什么呢？南希问自己。当
然，人们是想要得到某些东西的。当敏泰拉过她的手握住时，
不情愿的南希看到整个世界都在她的脚下展开了，就好像看到
雾中的君士坦丁堡。这时，不管一个人是多么困倦，他肯定都
会问："这是圣索菲亚大教堂吗？""这是金角湾吗？"于是，
当敏泰拉住她的手时，南希自问："她想要什么呢？是那件事
吗？"而那件事又是什么呢？（南希俯视着逐渐展现在她脚
下的生活）只见雾中这里耸出一个尖顶，那里展露出一个圆
顶，那是些令人瞩目的东西，没有名字。但是当敏泰放开了
她的手，当他们跑下山坡，所有的一切，那尖顶，那圆顶，
这些浮出云雾的东西，都坠入了雾海，消失不见。安德鲁观
察着，敏泰其实很擅长走路。她穿的衣服比大多数女士都要
方便。她穿着短裙和黑色的灯笼裤。她会一下子冲进一条小

溪里，深一脚浅一脚地蹚过去。他喜欢她这风风火火的劲头，但是他知道这样不行——她不久就会被自己这傻乎乎的行事风格送了命。她好像对一切都无所畏惧——除了公牛。只要在田里一看到公牛，她就挥舞着两条胳膊，尖叫着逃跑，而这样做恰恰会激怒公牛。但你必须承认，她一点儿也不在乎承认她的这缺点。她知道自己面对公牛时是一个十足的懦夫，她说。她想她肯定是在坐婴儿车的时候被公牛撞过。她好像对自己说过什么、做过什么并不在意。现在，她突然往前一纵身，跳到了悬崖边上，开始唱一首歌：

你这该死的眼睛，你这该死的眼睛。

他们都不得不加入合唱中，一起高唱起来：

你这该死的眼睛，你这该死的眼睛。

但是，如果没等他们赶到海滩，潮水就已经涨上来淹了所有捕捉鱼虾的地方，那可就糟了。

"那就糟了，"保罗同意地跳了起来，在他们沿着曲折的小径下山时，他一直在引用旅行指南上的描述："这些岛屿的景色如同园林般优美，附近海域的奇珍异品种类繁多，为岛屿赢得了应有的赞誉。"但是安德鲁，一边挑选着下山的路，一边想：这种叫喊声，那句什么"你这该死的眼睛"，那种拍拍他的后背，喊他"老伙计"，如此等等行为实在是不像话。带女人出来一起散步是最糟糕不过的事情了。一到了沙滩上，他们便分开了，安德鲁爬到了延伸到海里的一块叫作"教皇的鼻子"的礁石上面，脱下了鞋，把袜子塞了进去，让那对家伙自己顾着自己去吧。南希蹚水走到她自己的那几块礁石上，去找她的小水洼，让那对家伙自己顾着自己去吧。她蹲下身，摸到了像橡皮一样光溜溜的海葵，它们就像一团胶皮冻，牢牢地黏在礁石上。她沉思着，在想象中眼前这片水洼变成了海洋，那些小小的鲦鱼变成了鲨鱼和鲸，她举起手对着太阳，就给这小小的世界投下了巨大的阴影，就好像上帝一样，给这个小世界，给千百万无知又无辜的生命带来了黑暗和荒凉。接着她突然移开手，让阳光又倾泻下来。在这小水洼之外，在那片白色的、纵横交错的沙滩上，一个长着一双长长的钳子，披挂着水草的大家伙正昂首阔步地往前移动，闪身溜进了礁石一侧的大裂缝中。这时，她的目光平静地掠过小水洼，停在了海天相接的那条颤动的地平线上，树干的影子在蒸汽轮船喷出的烟中来回摇摆；海潮带着席卷一切的力量汹涌而来，又将不可避免地退去。她仿佛被这一切催眠了，沉浸其中，那种广袤和这种渺小（水洼又变小了），这两种感觉交织在一起，她感觉自己的手脚好像被这股力量捆住了，动弹不得。她的感情如此之强烈，她的身体、她的生命、世间所有人的生命仿佛都永远地变得虚空。她就这样听着海浪的声音，蹲在小水洼的上方，沉思着。

安德鲁大喊道，海水涨潮了，于是南希拔腿就往沙滩上跑，她急躁的性子驱使着她蹚着浅水奔跑，溅起好多水花。她就是想快速移动，她跑到了一块礁石后面——哦，天哪！保罗和敏泰正拥抱在一起，可能正在接吻。她被激怒了，十分愤怒。她和安德鲁默默穿上鞋袜，一言不发。他们之间确实摩擦很多。她本可以叫他过来一起看那只鳌虾或者什么东西，安德鲁发牢骚道。不过，他们俩都觉得，这不是他们的过错。他们也不希望这种极不令人愉快的讨厌事情发生。南希也是一个女的，这点让安德鲁很生气，而南希对于安德鲁是个男的也很不满。他们干净利索地系上了鞋带，使劲地打了个蝴蝶结。

当他们刚爬回山崖顶上，敏泰突然惊呼起来，她把祖母的别针给弄丢了——她祖母的别针，她拥有的唯一的饰品——那是一株垂柳，它是（他们一定都记得它）用珍珠连缀而成的。

他们肯定看到它了，她说，眼泪顺着脸颊淌了下来，她的祖母一直用这支别针别紧帽子，直到她去世的那天。而现在她把它看丢了。她宁可丢掉其他东西也不愿意丢了它！她要返回去寻找它。他们都往回走了。一路上，他们在地上拨来拨去，眼睛盯着地面，四处寻觅。他们的头埋得很低，短促地、气喘吁吁地说话。保罗就像一个疯子一样，在他们坐过的礁石旁边四下找寻，他让安德鲁"从这点到那点之间全面搜寻"。为了一枚别针，这么大费周折真没必要，安德鲁想。潮水上涨的速度很快。他们之前坐过的地方可能不到一分钟就被海水淹没了。他们现在想找到它其实一丝机会都没有。"我们会被潮水切断退路的！"敏泰尖声喊道，她突然感到惊慌失措。好像看到了什么危险！这就又跟南希看到公牛的反应一样——她完全控制不了自己的情绪，安德鲁想。女人控制不了。可怜的保罗不得不去安抚她。两个男人（安德鲁和保罗立刻有了男人气概，变得与往日不同）简单商量了一下，决定把保罗的手杖插在他们坐过的地方，等退潮的时候再来找。如果别针是在这里丢的，那么明早它肯定还会在这儿，他们向敏泰保证，可是她还是一路哭到悬崖顶。这是她祖母的别针，她宁愿丢掉任何别的东西也不愿意丢了它，而南希感觉，也许她确实是在为丢失了别针而伤心，但是她不是仅仅为此而哭。她在为某些别的东西而哭。

他们都应该坐下一起大哭，她觉得。但是她不知是为了什么而哭。

保罗和敏泰一起往前走，他安慰她，说他在找东西这方面可是小有名气。当他还是个小男孩的时候，他曾找到了一块金表。他明天拂晓就会起床，肯定能找到它。他想象，在拂晓的时候，天几乎还是黑着的，他一个人在沙滩上，怎么着都会很危险。但他还是告诉她，无论如何，他肯定都会找到它，她说她不想听关于他要早起的这番话，别针丢了，她知道。她今天下午把它别上的时候就有这种预感。他暗自决定不告诉她，但明天一早在大家还睡觉时他要溜出门，如果他在海滩上找不到它，他就去爱丁堡一趟，给她另买一枚别针，跟这枚差不多的，但却更好看。他将证明他的本领。他们爬到了山坡上，望着脚下镇子上的灯光，接连突然出现在眼前的灯光就好像一连串即将发生在他生命里的事情——他会结婚，他会有孩子，他会有房子。当他们走上了那条被高大灌木遮蔽的大道时，他又想，他们会在经历这一切后再次回归于孤独的生活，一直朝前走着，他引导着她，她紧紧依靠在他身旁（就像她现在这样）。他们在十字路口转弯了，他想，他刚刚所经历的一切是多么糟糕啊，他必须告诉某个人——当然是拉姆齐夫人，当他想到刚才自己的所作所为，他的呼吸都要停止了。当他开口让敏泰嫁给他的时候，是他一生中最幸福的时刻。他要径直去找拉姆齐夫人，因为他隐约感到是她促使他做了这件事，是她让他觉得自己能做到任何事情，别人都没有这么看重他，但是她让他相信自己无所不能。他感觉今天一整天，她的目光都跟随着自己（尽管她未发一言），好像在说："是的，你能行的。我相信你。我期待你的成功。"是她让他有了这种感觉，当他们回到家时（他在海湾边上寻找着拉姆齐家的灯光），他会找她说："我求婚了，拉姆齐夫人，这要归功于您。"他们走上通往屋前的小径，他看见楼上的房间里灯光在闪动。他们回来得实在太晚了。大家都准备要吃晚饭了。整个房子灯火通明，在他眼睛看惯了黑暗之后，这灯光让他觉得满眼都充斥着光明。当他走在汽车道上时，像个孩子似的对自己说，光，光，光，他茫然地重复着，光，光，光；他们走进屋子，这些光如同星子般在他身边闪耀，他的表情有些僵硬。不过，上帝呀，他对自己说道，把手放到领带上，我可不能让自己成为一个玩笑。]

15

"是的，"普鲁说，她仔细地想了想，回答了母亲的问题，"我想南希是和他们一起去的。"

16

那么，南希是和他们一起去了，拉姆齐夫人寻思着。她放下一把发刷，拿起一把梳子，对传来的敲门声说了声"进来"（贾斯帕和露丝进来了），暗自思忖，南希和他们一起去了，这会增加还是降低出事的可能性呢？应该是降低吧，不知怎的，拉姆齐夫人觉得可能性很小，毕竟发生这么严重的灾难是不可能的。他们不可能所有人都掉下悬崖。她又一次在老对手——生活的面前感到孤立无援。

贾斯帕和露丝说，玛德蕾特想知道，她要不要等等再开晚餐。

"英国女王都不等。"拉姆齐夫人加重语气说道。

"墨西哥女皇也不等。"她又笑着对贾斯帕加上一句。他和她母亲一样有个毛病，也喜欢夸大其词。

如果露丝愿意的话，她可以为她选择佩戴的首饰。贾斯帕这时要去给玛德蕾特回话。当有十五个人已经坐下准备晚餐的时候，可不能就这么一直等下去。她现在开始对他们的晚归感到不悦，这对其他人缺乏体谅，而且更让她不快的是，他们非要选择今晚回来迟了，而她实际上希望今天的晚餐是非比寻常的愉快，因为威廉姆·班克斯终于同意跟他们共进晚餐，而且今晚有玛德蕾特的绝活儿——法式焖牛肉。这道菜成功的关键是在火候正好的时候必须被端上餐桌。牛肉、肉桂叶和葡萄酒，都得在恰好的时候享用。要延迟进餐是不可能的。而这么多天过去了，他们却偏偏在今天晚上迟迟不归，菜又不得不出锅，又得为他们保持着温度，那法式焖牛肉可就要全糟蹋了。

　　贾斯帕给她选了一条蛋白石的项链，露丝给她选了一条金项链。哪一条配她的黑裙子更好看呢？究竟哪条呢，拉姆齐夫人一边漫不经心地问道，一边看向镜中自己的脖子和肩膀（她故意不看自己的脸）。当两个孩子在她的饰品中翻来翻去时，她看向窗外，几只白嘴鸦正决定着要停在哪棵树上，这情景让她觉得十分有趣。每次它们在落脚时都又改变了主意，又飞起来。她想，这是因为那只年老的白嘴鸦，那个父亲，她管它叫老约瑟夫，有个多事的、难相处的脾气。他是一只脏兮兮的难看的老鸟，身上一半的羽毛都掉了。它就像她见过的那些头戴高帽、穿着破旧的衣服、站在小酒馆门前吹喇叭的老绅士。

"看！"她笑道。它们正在打架。约瑟夫和玛丽在打架。它们不知怎的又飞起来了，空气被它们的黑色翅膀扇向了两边，碎成了精致的半月形。那些翅膀正向外扑扇，向外扑扇，向外扑扇——她从来不能令自己满意地形容出这情景——这对她来说是最可爱的场景。看看这边，她对露丝说，希望露丝能看得比她更清楚些。因为孩子们经常会让自己的观察更进一步。

但是究竟戴哪条项链呢？他们把她首饰盒所有的抽屉都打开了。金项链来自意大利；蛋白石的项链，是詹姆斯叔叔从印度带回来的；或者她该戴那串紫石英的？

"挑吧，亲爱的，挑吧。"她说，希望孩子们能早点选完。

但是她给他们充分的时间来挑选，尤其是露丝，她允许她拿起这个又拿起那个，把她的首饰在黑裙子上比来比去，因为这个每天晚上挑选首饰的小小仪式，是露丝最喜欢的，她知道。露丝非常重视为她的母亲选择要佩戴的首饰，这有她不为人知的理由。这个理由是什么呢，拉姆齐夫人寻思着，一动不动地站着，好让她把选好的项链为她扣上。她猜测着，根据她自己过去的经历，揣测着露丝这个年龄的小女孩的深埋在心中的、对于母亲的难以言传的情感。就好像她自己感受到的那样，拉姆齐夫人想，它让人感到伤感。人们所能回报的与这感情相比，是多么不相称啊。露丝心中的她与实际的她相比，又是多么不相符啊。露丝会长大，她有这种深刻的情感，将来一定会遭受痛苦的，她想。她说她已经准备好了，他们现在下楼去。贾斯帕是一位绅士，所以要挽着她的胳膊；露丝是一位淑女，所以要拿着她的手绢（她把手绢交给她）。还有什么呢？哦，对了，天气有可能会变凉，需要拿一条披肩。"帮我挑一条披肩。"她说，因为她知道这会让露丝很开心，这注定要痛苦的孩子。"那儿，"她说，停在楼梯平台上的窗边，"它们又回来了。"约瑟夫落在了另一棵大树的树顶。"你觉得它们会开心吗？"她问贾斯帕，"如果它们的翅膀折断了？"他为什么要拿枪打可怜的老约瑟夫和玛丽呢？他自觉受了责备，但不是很严厉，便难为情地在楼梯上把脚挪来挪去，因为她不明白打鸟的乐趣。她作为母亲，和他的生活并不在一个区间中，不过他很喜欢听她讲关于老约瑟夫和玛丽的故事。她把他逗笑了。但是她怎么知道它们就是玛丽和老约瑟夫呢？她觉得同一对小鸟每天晚上会落到同一棵树上吗？他问道。但就像所有的大人一样，她的注意力突然就不在他身上了。她正在侧耳倾听大厅里传来的谈话声。

"他们回来了！"她欢呼道，却立刻发觉他们现在让自己更烦恼了，而不是宽慰。她寻思着，他求婚了吗？她想下楼去，他们会告诉她——但是不行。他们不会告诉她任何事，毕竟这里有这么多人呢。所以，她必须下楼用晚餐，继续等待。于是，就像一位王后看到她的子民都已经在大厅里集齐了一样，她俯视着他们，然后，走下楼，来到他们中间，无声地接受他们的赞美、挚爱和崇拜（当她走过时，保罗一动不动，双眼直视着前方）。她走下楼梯，穿过大厅，轻轻颔首致意，好像她接受了他们说不出口的心声：他们对她的美貌的赞美。

她突然停住了脚步。有一股烧焦的气息。难道他们把法式焖牛肉烧过了头？她猜测着，上帝保佑，千万别！这时那洪亮的锣声响起来了，庄重而权威地宣布：所有分散在阁楼上、卧室里、在他们各自的小憩之地阅读、写作、往头发上抹发蜡的绅士，或是收紧束腰的姑娘们，都要放下手里的事，把各种小玩意儿放在洗漱台、梳妆台上，把小说放在床头柜上，把私密的日记本收起来，全都来到餐厅中，共进晚餐。

17

可是，我的一生中都做了什么呢？拉姆齐夫人自忖着，坐到餐桌的主人位置，看着所有的餐盘在桌子上摆着，形成了一个个白色的圆圈。"威廉姆，请坐在我身边，"她说。"莉莉，"她疲倦地说，"请坐那边。"他们拥有爱情——保罗·雷莱和敏泰·多伊尔——而她，只拥有这个——一张无尽的长桌、餐盘和刀叉。在远远的另一端，是她的丈夫，他颓然地瘫坐在那里，蹙着眉毛。他在生什么气呢？她不知道。她不在乎。她不明白自己当初怎么会对他动了心。她有一种感觉，自己已经经历了一切事情，一切都成了过去，她现在置身于一切事情之外。当她帮助人们分汤的时候，仿佛这里有一个旋涡，一个人可以在其中，也可以在其外，而她身处其外。一切都要结束了，她一边想，一边看着宾客们一个个走进来。查尔斯·塔斯莱——"请您坐在这边。"她说——奥古斯都·卡迈克尔——他们都一一就座。与此同时，她被动地等待着，等待有人能接她的话，等待能发生些什么事情。但这可不是一回事，她一边把汤盘递给大家，一边想着，人家想的和说的可不是一回事。

一想到二者之间的差异，她扬起了眉毛——这是她在想的事情，她把汤盘递给大家——这是她在做的事——她愈发强烈地感觉自己离那个旋涡越来越远，就好像事物外表的光鲜色泽脱落了，她看到了真实的事物。房间（她环顾周围）非常破旧，到处都缺乏美感。她忍住不去看塔斯莱先生。没什么事情会发生。他们都各自坐着。所有融洽气氛、让谈话顺畅和创造话题的努力都落到了她一个人的身上。又一次，她——不带任何敌意的，单纯地把这视为一个事实——感受到了男性的贫瘠，如果她不去做，没有任何人会去做。于是，就像给一块停了的表上发条一样，她给自己上了把劲儿。于是，古老的、熟悉的脉搏开始跳动，就像手表开始滴答地运转——一、二、三，一、二、三。周而复始，循环往复，她重复着，倾听着这尚虚弱的脉搏，呵护它，照料它，就好像用一张报纸把一丝微弱的火苗围住、保护起来一样。于是，她停住了，把身体微微地探向威廉姆·班克斯的方向——可怜的男人！他没有妻子，没有孩子，总是一个人孤独地在租来的房子里吃晚饭，除了今晚；在对他的同情之中，生活又强大起来，足以对她施加影响，她开始主持晚餐，就好像一个疲惫的水手，看到风又撑满了船帆，然而他却不怎么想再起航了。他在想，在这条船沉没以后，他会怎样一圈一圈地旋转着沉到海底，在那里获得安息。

"您收到您的信件了吗？我让他们给您放到大厅里了。"她对威廉姆·班克斯先生说。

莉莉·布里斯科看着她就这样进入了一片奇异的无人之地，在这里要追随她进入简直是不可能的。她的出走已经让看着的人心生寒意，不过他们至少在尝试着用目光去追随她，就好像人们看着一条逐渐消失的帆船，直到船帆也逐渐在地平线上沉没下去。

她看起来多么苍老呀，她看起来多么疲惫呀，莉莉想，而且多么疏远啊。然后当她转向威廉姆·班克斯露出笑容时，好像船又翻过来了，太阳又重新照耀着船帆。莉莉感到欣慰不已，饶有兴味地想，她为什么要怜悯他呢？因为当她告诉他，他的信在大厅里时，她给人的感觉是这样的。可怜的威廉姆·班克斯，她好像在说，她的疲劳有一部分是因为怜悯他人的结果，而她体内的生命力、她决定要重新生活下去的决心，都由怜悯心所激发。这不是真的，莉莉想，这是她出自天性和自我需要而做出的一些错误判断，而不是出自他人的需要。他一点儿也不需要别人同情。他有自己的活计，莉莉对自己说。她突然记起来了，就好像发现了一座宝藏，她也有自己的活计。她瞬间看到了自己的那幅画，心想：是的，我要把这棵树再往中间移动一点，这样就能修饰这片难看的空白了。这就是我将要做的事。这就是曾经困扰我的问题。她拿起那个盐罐，把它放在了桌布的一个花朵的图案之上，就像是要提醒自己记得挪动那棵树似的。

"很奇怪，一个人很难从信件里获得什么有价值的东西，但他还总是期待收到信。"班克斯先生说。

他们在胡扯些什么蠢话，查尔斯·塔斯莱想，把汤勺放到了餐盘的正中央。他把汤舀得一干二净，好像，莉莉想（他坐在她正对面，背对着窗户，正好处于风景的中央），他决心要搞清楚他吃的东西似的。他做的任何事都有那么点死板的味道，那是一种不招人喜欢的味道。但是无论如何，事实上，如果你仔细看一个人的时候几乎不可能去讨厌他。她喜欢他的眼睛，它们是蓝色的，深深的眼窝，让人看了心颤。

"您写信多吗，塔斯莱先生？"拉姆齐夫人问道，大概也在可怜他，莉莉猜道；因为拉姆齐夫人真的是这样的——她总是怜悯男人，觉得他们缺乏某种东西——而从不怜悯女人，好像她们天生就具备某种东西。他给他的母亲写信，除此之外他大概一个月也不能写一封信，塔斯莱先生简短地回答道。

他才不会说这些人想让他说的蠢话呢。他不想让这些愚蠢的女人对他纡尊降贵。他本来正在自己的房间阅读，而现在他下楼来，这一切对他而言都蠢透了，肤浅而脆弱。他们为什么要穿礼服呢？他就穿着平时的便服下来了。"一个人很难从信件中获得什么有价值的东西"——这就是他们常谈论的话题。她们让男人们谈论这种东西。是的，就是如此，他想。她们一年到头很难获得什么有价值的东西。她们什么也不做，只会说说说，吃吃吃。这是女人们的错。女人们用自己的"魅力"和愚蠢，让人类的文明不可能实现。

"明天去不成灯塔，拉姆齐夫人。"他坚持自己的观点。他很喜欢她，他欣赏她，他还记得那个在排水管里干活的工人抬头盯着她看，但是他认为有必要坚持自己的观点。

尽管他的眼睛很漂亮，莉莉想，瞧瞧他的鼻子，瞧瞧他的手，他真是她遇到过的最没有魅力的人。所以她为什么要介意他说什么呢？女人不会写作，女人不会绘画，他说这些话又有什么要紧呢，很显然，这类的话，他说出来也是言不由衷，只是出于某种原因，使他觉得这样说会对他有所帮助，而这就是他为什么要这样说的原因？为什么她整个人都像风中的玉米秆一样弯着腰，要付出巨大的、痛苦的努力才能在这种卑下的状态中直起腰杆？她必须再试一次。在桌布上有一根带叶子的小树枝——这是我的画，我必须把树移动到画面中央，这很重要——其余的都无关紧要。她能否紧紧抓住这个重点，她自问，而不冲他发火，不跟他争论？如果她想报复的话，那就嘲笑他好了？

"哦，塔斯莱先生，"她说道，"带着我跟您一起去灯塔吧。我真的非常想去。"

他能看出来她在说谎话。她说着言不由衷的话来让他生气，出于某种原因。她在嘲笑他。他穿着那条旧法兰绒裤子。他没有别的裤子。他感觉这很无礼，他被孤立了，他很孤单。她出于某种原因在故意戏弄他。她并不想和他一起去灯塔，她瞧不起他，普鲁·拉姆齐也是如此。她们全都是如此。但是他不会让自己成为女士们的笑柄，于是他故意把身体在椅中挪了挪，看向窗外，毫不迟疑的，用一种粗暴的口吻说道，明天，她可承受不了。她会晕船的。

她竟然使他说出了这种话，而拉姆齐夫人正在听着，这让他很气恼。如果他现在能在书房里工作，与书为伴，该有多好。他在书房会怡然自得。他从来没有欠过别人一便士；从他十五岁起他就没有花过他父亲一便士；他用自己的积蓄贴补家里；他负担着自己妹妹的学费。不过，他希望自己知道如何得体地回答布里斯科小姐，他真希望没有用这样一句粗鲁的话来答复她。"你会晕船的。"他希望他能想出一些话题来和拉姆齐夫人谈论，一些能够证明他不只是一个一本正经的学究的谈话。这就是他们对他的看法。他转向她。但是拉姆齐夫人正在和威廉姆·班克斯先生谈论一些他从未听说过的人。

"对，把它拿走。"她简单地说，中断了她与班克斯先生的谈话，回身对女仆说。"应该是十五年前——不，二十年前——我最后一次看见她。"她一边说着，一边回身转向班克斯先生，就好像她一刻也不能中断他们的谈话，因为她被他们的谈话内容深深吸引。所以她今晚有了她的消息！凯莉还住在马洛吗，一切还是老样子吗？哦，她清楚地记得一切，仿佛就在昨天——他们当初一起在河上泛舟，那可真冷啊。但是如果曼宁一家决定了做什么事，他们一定会坚持到底的。她永远也忘不了赫伯特在岸边用一个茶勺杀死了一只黄蜂！生活依然继续着，拉姆齐夫人沉浸在回忆的遐思中，她像一个幽灵游走于泰晤士河岸，二十年前的那天真冷啊。她游走在河畔那栋房屋中客厅的桌椅间，现在她像个幽灵一样从他们之间穿过，这让她感到很神奇，好像经过这么多年，她已经不再是当时的她，而那一天，却一直定格在了那里，静止而美丽。凯莉亲自给他写过信吗？她问道。

"是的。她说他们正在建一间台球室。"他说。不！不！这简直不可能！建一间弹子房！这对她来说是不可能的事情。

班克斯先生看不出这有什么可奇怪的。他们现在过得非常好。他要替她带个好给凯莉吗？

"哦，"拉姆齐夫人不动声色地说，"不用了。"她补充道，考虑到她并不认识这个建弹子房的凯莉。可是多奇怪呀，她重复着，这让班克斯先生觉得很有趣，他们竟然还在那生活。她一想到，这么多年他们竟一直在那生活，而她竟然一次都没想起过他们，就觉得很不寻常。这么多年来，她自己的生活发生了多少变故啊。也许凯莉·曼宁也并没有想起过她。这个想法很奇怪，而且令人不快。

"人们各奔东西是很正常的事情。"班克斯先生说。不过，当他想到自己既认识拉姆齐一家，又认识曼宁一家时，心中便生出某种满足感。他并没有与他人失散，他一边想着，一边放下餐勺，仔细地擦干净他那剃干净胡须的下巴。但是也许他在这方面是不同寻常的，他想，他从来不让自己囿于常规习惯。他在所有的圈子里都有朋友……拉姆齐夫人这时不得不中断了谈话，告诉仆人要让食物保持热度。这就是他为什么更喜欢独自进餐。所有这些干扰都让他不快。好吧，班克斯先生想，他保持着他温文有礼的举止，仅是把左手的手指摊开放在桌布上，就好像一位机械师在休息的间隙正仔细检查着一件打磨漂亮的、准备投入使用的工具。这是交朋友要付出的代价。如果他拒绝参加晚餐就会让她伤心。但是这并不值得。他看着自己的手，心想，如果是他自己用餐的话，现在已经差不多快要吃完了，他就可以开始工作了。是的，他想，这真是一种可怕的浪费时间的方式。孩子们还在陆续进来。"我希望你们中能有一个跑上楼去罗格的房间。"拉姆齐夫人在说话。他想，这一切与另一件事情——工作——相比，是多么琐碎，多么无聊啊。现在他在这里用手指用力敲打着桌子，而他此刻本可以——他脑中快速地闪过工作的概况。这真是浪费时间，确定无疑！然而，他想，她是他的老朋友之一。我对她充满真挚的友情。可是现在，她的在场对他来说没有任何意义：她的美貌对他来说毫无意义；她和她的小儿子在床边坐着——毫无意义，毫无意义。他只想能一个人待着，拿起那本书。他感到很不舒服，他觉得自己辜负了她的友谊，坐在她身边竟然对她无动于衷。真相是，他不喜欢家庭生活。一个人就是在这种心境中，才会对自己提出问题：一个人究竟为什么而活？他自问，为什么一个人要如此辛苦，就为了让人类种族得以延续？这如此令人向往吗？作为一个种族，我们有吸引力吗？并不太有吸引力，他看着那些衣服被弄脏了的男孩们想。他最喜欢的孩子凯姆应该已经就寝了，他想。这是愚蠢的问题、空洞的问题，如果一个人处于忙碌状态，他是不会提出这样的问题来的。人类的生活是这样的吗？人类的生活是那样的吗？他从来没有时间去想这些问题。但是他现在在问自己这样的问题。因为拉姆齐夫人正在吩咐仆人，也因为当他想起拉姆齐夫人听到凯莉·曼宁还活着时的那份惊讶，他想，即使是最优秀的友情，也是脆弱的，这让他深受震动。人们各奔东西。他再次责备自己。他坐在拉姆齐夫人身边，然而他竟然什么话也没有对她说。

"很抱歉。"拉姆齐夫人说，终于转向他了。他只感觉到生硬，无话可谈，就好像一双靴子被浸泡过，又晾干了，你就很难把脚伸进去。但是他必须把自己的脚塞进这双靴子里去。他必须让自己聊天。除非他特别小心，否则就会让她发现他背叛了友情，发现他并不在意她，这绝对不会让人感到愉快，他想。于是，他殷勤地朝她的方向低下了头。

　　"您一定讨厌在这乱哄哄的环境中用餐吧。"她用法语说道。每当她被分心时，她都会利用这一社交方法。所以，在某个会议上，大家忙着唇枪舌剑时，大会主席为达成一致，通常会建议各人用法语发言。也许这法语很糟糕，也许这法语并没能很好地表达发言者的思想，然而大家一起说法语却会建立起某种秩序，某种团结一致。班克斯先生操着同样的语言回答她，说："不，一点儿也不。"而塔斯莱先生，尽管一点儿也不懂这门语言，只听到他说了几个单音节的词，就知道班克斯先生说的话并不真诚。拉姆齐一家的谈话无聊透顶，他想。他高兴地抓住这一刻，把它记了下来，过些天，他要大声念给他的一两个朋友听。那时，在可以直言喜恶的氛围中，他要讽刺地描述一下"在拉姆齐一家做客"的感受和他们说的各种废话。这样生活一次还是值得的，他会说，但不能有第二次。女人是如此使人厌烦，他会说。拉姆齐先生娶了一位美丽的女人，生了八个孩子，他让生活把自己打败了。生活本应呈现出一种幸福家庭生活的样子，可是现在拉姆齐先生困坐在这里，身边是一把空椅，没有丝毫幸福生活的样子。一切都是碎片。他感觉极其不舒服，身体上也是。他希望有人能给他机会论证自己的观点。他这个愿望是如此迫切，以至于他在椅子上坐立不安，一会儿看看这个，一会儿看看那个，想打断他们的谈话，嘴张开又闭上。他们在谈论渔业。为什么没有人问他的意见呢？他们对于渔业知道什么呢？

莉莉·布里斯科明白这一切。她坐在他对面，透过他那单薄的血肉之迷雾，她看到这个年轻人想表现自己的强烈欲望，就像肋骨和大腿骨清晰地照在 X 光片上一样，社会行为准则压制着他想要插进别人谈话的强烈冲动。但是，她想，眯起那双小眼睛，想起他对女性那轻蔑的态度——"不会写作，不会绘画"，我为什么要帮助他解脱出来呢？

有那么一种行为准则，她知道，其中第七条（好像是）说，如果遇到这类情况，一个女人不管正在忙于什么，都要去帮助对面这个男人，好让他的那些大腿骨、肋骨展露出来，让他的虚荣心得到释放，让他想证明自己的强烈愿望得到满足，这是一个女人应该做的。她从老处女的角度公正地思考，就像他们也有应负的责任要帮助我们一样，比如在地下铁道里突然爆炸着火时。那么，我那时一定然应该希望塔斯莱先生能救我出去。但如果我们俩都不做任何事的话，她想，又会怎样呢？于是她坐在那里微笑着。

"你不打算去灯塔吧，对吗，莉莉？"拉姆齐夫人说道，"还记得朗格莱先生吧，他环游过世界几十次。但是他跟我说，哪次也没有我丈夫带他去灯塔旅行时那般难受。您是一位优秀的水手吗，塔斯莱先生？"她问道。

塔斯莱先生举起了一只大锤，他高高抡起它，悬在半空中，但是当落锤时，他意识到，他不应该用这样一个工具来砸那只蝴蝶，于是他只是说，他这辈子从没有晕过船。但这短短的一句话里却像塞满了火药似的，他的祖父是一名渔夫，他的父亲是一名化学家，他全是靠自己才到达今天这个高度，他对此感到自豪。他是查尔斯·塔斯莱——这个事实在座的人却似乎没人意识到。他皱着眉头，怒视前方。他甚至要怜悯这些温和的、有教养的人们了，就在这几天，他们将像一捆捆羊毛，或一桶桶苹果一样，被他体内的火药炸飞到天上去。

"您会带上我吗，塔斯莱先生？"莉莉迅速且充满善意地问道。因为，如果拉姆齐夫人对她说——而实际上她也确实会这么说："我现在焦头烂额，我亲爱的。除非你能对那个年轻小伙子说一些友好的话，给这一时刻的剧痛敷上一服止痛药，否则生活的航船就要触礁了——这一分钟，我真的已经听见摩擦声和轰隆声。我的神经紧绷着，就像小提琴上的琴弦，再拨一下子它们就断啦！"——当拉姆齐夫人说出这一切时，她只是用目光轻轻一瞥，莉莉只好第一百五十次放弃了她的实验——如果对这个年轻人不好会有什么后果——她对他友好起来。

他准确地判断出她心态的变化——她现在对他变得友好了——他便从他自我中心主义的心理中释放了出来，他告诉她，当他还是个婴儿时，是如何被从船上扔下去，他的父亲是如何用一个鱼钩把他从水里捞起来的，他就是这样学会游泳的。他有一个叔叔在苏格兰海岸线不远的一处礁石上做守灯人，他说。他曾经在一次暴风雨中跟他去过那儿。他大声地在大家谈话的间隙说出了这番话。当他说他和叔叔在暴风雨天里到灯塔去的时候，大家就都听到了。啊，莉莉·布里斯科想，他们的谈话出现了这么好的转折，她能感觉到拉姆齐夫人的感激之情（拉姆齐夫人现在可以解脱出来，聊会儿天了）。啊，她想，只要能让您解脱，我有什么不能付出的呢？不过，她刚才可不是这样真诚。

她刚才耍了一贯的把戏——对人友好。她永远也不会了解他。他也永远不会了解她。人与人之间的关系就像这样，她想，而最糟糕的情况（班克斯先生除外）就是男人和女人之间的关系。毫无疑问，这些关系是极其虚伪的，她想。这时她看到了那个盐罐，她把它放在这里，用来提醒自己，以便她记得明早要把树往画布中心挪一挪。一想到作画，她的情绪就高涨起来，以至于她对着塔斯莱先生说的话大笑出了声。如果他高兴，那就让他说一晚上吧。

"但是他们让守望者在灯塔上待多久呢？"她问道。他告诉她。他知道这一切，真令人惊叹。既然他现在心怀感激，对她充满好感，并开始享受聊天，既然如此，拉姆齐夫人想，她可以重回那神游之地，那不真实却令人着迷的地点——二十年前曼宁一家在马洛的客厅里，大家心情舒畅、不疾不徐地踱步，因为不需要为未来担心。她知道后来他们的生活变得如何，也知道自己的。就好像重读一本好书，她知道故事的结局，因为这是二十年前的故事，而生活就从这张餐桌上开始，像瀑布一样倾泻而下，流淌到一个不为人知的地方，在那儿被封住，就像湖水一样，平静地躺在堤岸中间。他说他们建了一间弹子房——这可能吗？威廉姆会继续谈论曼宁一家吗？她希望他继续。但是，不——他出于某些原因，现在已经没心情聊这个了。她尝试继续这个话题。他没有回答。她不能勉强他。她很失望。

"孩子们真丢人。"她叹了口气说，他却说了一些关于守时是一种小美德，直到长大了以后才会拥有之类的话。

"果真如此就好了。"拉姆齐夫人说，仅仅是为了填补这谈话间的空白，心想着威廉姆变得像个老女人一样保守。他知道自己背叛了她，她想谈论一些更亲密的东西，然而他现在对此没有心情，他发觉生活中的不愉快又来找他了。他坐在那儿等待着。也许其他人在谈论一些有趣的事情？他们在谈论什么呢？

今年渔季收成不好。渔民们正在往别处迁徙。他们在谈论工资与失业。年轻的塔斯莱先生在骂政府。威廉姆·班克斯听到他说什么"本届政府最令人愤慨的行为之一"之类的话，心想，继续这类主题的谈话对于私人生活并不愉快的自己来说真是种解脱。莉莉在听，拉姆齐夫人在听，他们全都在听。但是莉莉已经厌倦了，她觉得缺少某些东西，班克斯先生也觉得缺少某些东西。拉姆齐夫人用披肩围住自己，觉得缺少某些东西。他们所有人都在侧身倾听，然而心里在想："上帝保佑，我内心的想法不要被暴露出来。"每个人都在想着，其他人对此感同身受。他们因为渔民的遭遇而对政府十分愤怒，而我却没有任何感觉。不过，班克斯先生看着塔斯莱先生想道，也许他就是那个领袖。人们总是在期待一个领袖。到处都有机会。任何时候，一个领袖都可能会诞生，不管是在政治上还是其他方面，他都会是一个天才的领袖。也许他跟我们这些老保守派格格不入吧，班克斯先生想着，尽最大的努力去体谅他，因为他通过身体上某些奇特的感官能感觉到——他脊椎中的神经绷紧了——他知道这个小伙子愤世嫉俗，一半是为自己，一半可能是为了他的工作、他的观点、他的科学，所以他并不完全乐于接受新思想，或是绝对公平公正，因为塔斯莱先生好像在说，你们在浪费你们的生命。你们所有人都是错的。可怜的老古板们，你们都毫无希望地落后于时代了。这个年轻人看起来似乎过分自信了，而且他缺乏教养。但是班克斯先生观察到，他有勇气，他有才能，他完全扎根于事实之中。在塔斯莱先生痛批政府的时候，班克斯先生想，也许他说的话是有道理的。

"现在请告诉我……"他说。于是他们开始争论政治，莉莉看着桌子上的树叶。拉姆齐夫人让这两个男人尽情辩论，思考着为什么她对这谈话感到如此厌烦，她望向桌子另一头的丈夫，希望他能说些什么。只要一句话就好，她对自己说。因为只要他说句话，局面就完全不同了。他能直奔事情的核心。他关心渔民和他们的收入。他一想到他们就难以入睡。当他发言时一切都不同了。看来别人并没有这种厌倦的感觉，上天保佑，别让别人看出来我不怎么关心，因为我确实很在意。然后，她意识到是因为她自己如此崇拜他，所以才期待着他发言，她觉得就像是有人在向她夸赞她丈夫和她的婚姻，她的脸上闪着喜悦的红光，却没有意识到是她自己在夸赞他。她看着他，想在他脸上印证这一点；他应该是气宇轩昂的……然而根本不是！他正皱着眉毛，怒视前方，一张脸因愤怒而扭曲发红。究竟发生了什么事？她想不明白。可能是什么原因？原来是因为那个可怜的老奥古斯都要求再来一盘汤——仅此而已。这是不可想象的，这是令人讨厌的（他向餐桌另一头的她示意），奥古斯都又要重新开始喝汤了。他不愿意在自己已经吃完一道菜时，别人还在用餐。他的怒火就像一群猎犬，直冲到了他的眼睛里，他的眉梢上，她知道马上有些骇人的东西就要爆发出来了，那时——上帝保佑啊！她看出他在尽力控制着自己，就像刹车挡住了车轮，他的整个身体好像就要崩裂成碎片，他一言不发。他皱着眉，怒气冲冲地坐在那里。他什么也不说，他要她自己观察。让她赞扬他这种克制自己的品质吧！但是究竟为什么可怜的奥古斯都不能再要一盘汤呢？他只是碰了一下艾伦的胳膊，说了句：

"艾伦，请再来盘汤。"然后拉姆齐先生的脸色就坏成那样。

为什么不行？拉姆齐夫人问道。如果奥古斯都需要，他们当然可以让他再来一盘汤。他讨厌人们沉溺于口腹之欲，拉姆齐先生对她皱眉道。他讨厌一切像这样拖拉没完的事情。但他控制住了自己的脾气，拉姆齐先生要她观察，尽管那场面看起来让人不舒服。可是为什么要这么直白地表现出来呢，拉姆齐夫人问道（他们注视着长桌另一端的彼此，用目光询问和回答着，每人都准确地知道对方的感受）。每个人都能看出来，拉姆齐夫人正在沉思。露丝在盯着她的父亲，罗杰也盯着他的父亲。这两个孩子下一秒就会爆发出一阵大笑，她知道，于是她立刻说道（确实非常及时）：

"你们俩去把蜡烛点上。"于是这两个家伙立刻跳起来，跑到一边的餐具柜里一通乱找去了。

他为什么从不掩饰自己的情绪呢？拉姆齐夫人想着，她在想奥古斯都·卡迈克尔是不是已经注意到了。也许他注意到了，也许他没有。他泰然自若地坐在那里，从容地喝着汤，她不禁对他的风度感到深深的敬佩。如果他想喝汤，他就会要汤。人们笑话他也好，对他生气也罢，他还是老样子。他并不喜欢她，她知道这点。但是，正是出于部分这个原因，她才尊敬他。她看着他喝汤，他身材高大，表情安宁，沐浴在夕阳中，身躯像纪念碑一样雄伟，他在沉思。她在想，他现在是什么感受呢，为什么他总是一副满足而庄严的模样？她在想，他是多么喜欢安德鲁啊，他会叫他去他的房间里，"给他看各种各样的东西"。他会一整天地躺在草坪上，好像是在默想他的诗句，他的样子让人想起一只观察着鸟的猫儿，当他想出了那个恰当的字眼时，就把爪子"啪"地合在一起。她的丈夫对此评论道："可怜的老奥古斯都——他是一位真正的诗人。"这是来自她丈夫的最高赞赏了。

现在八根蜡烛被摆到了餐桌上，烛火起先弯曲摇曳了一下，然后就笔直地竖起来，照亮了整个长长的餐桌和餐桌中间摆放的一只黄紫色图纹相间的果盘。露丝是怎么做到的，拉姆齐夫人暗自赞叹，这个孩子把果盘布置得如此美丽，葡萄、梨子、香蕉和那带有粉色条纹的贝壳搭配在一起，让她联想起海神尼普顿海底宴会上的宝杯，还有酒神巴克斯肩头那一串带叶的葡萄（在某些画中），在它们周围是毛茸茸的豹皮和散发着红色、金色光芒的火把……这只果盘就这样突然之间被烛光照亮，显得又大又深，就像那里面有一个世界似的，人们可以挂着手杖攀登高山，也可以深入幽谷，而且她很高兴地看到（因为它让大家有了一种短暂的共同感受）奥古斯都也在欣赏着这只果盘，他的目光爬进了果盘中，在这儿摘下一朵花，在那儿折下一根麦穗，大快朵颐之后，又返回了他的眼窝。这是他一贯的欣赏方式，和她不同，但是这种共同的注视使他们感受到了默契。

现在所有的蜡烛都点上了，餐桌两边的人脸在烛光的映照下显得更近了，围绕着餐桌组成了一个整体，而在刚才的暮色中却没有这种氛围。因为现在黑夜已经被窗户上的玻璃隔离在外，这玻璃非但没有准确地展露出外面世界的景象，反而奇妙地氤氲出一种反差：在这里，在房间内，似乎井然有序，一片干爽之地；而在那儿，在房间外，玻璃反射的东西都是摇晃不定的，一片水雾朦胧之中，一切都在逐渐消逝。

　　他们立刻集体性地发生了某些变化，好像这种反差真的发生了似的，他们感到自己仿佛身处一个孤岛，大家在一个洞穴中团结一致，他们都出于一个共同的目的，要一起对抗外面世界的不确定性。拉姆齐夫人因为在等保罗和敏泰来就餐，一直心神不定，现在她觉得自己的焦虑感变成了一种期待感。他们现在应该要进来了吧。莉莉·布里斯科想要搞清楚大家突然之间高兴起来的原因，她把现在的情景和刚才在网球场上的情景相比较，当时坚固的实体突然消失了，他们之间隔着广阔的空间。而现在，同样的效果出现了，却是由这许多根蜡烛、家具不多的房间、没有窗帘的窗户和烛光下明亮却好像戴着面具一样的面孔带来的。他们有一种如释重负的感觉，她觉得任何事都有可能发生。他们现在应该要进来了，拉姆齐夫人想着，她望向房间门口，而这时，敏泰·多伊尔、保罗·雷莱和一名端锅的女佣一起进来了。他们来得太迟了，他们实在是来太晚了，他们走向餐桌的两头时，敏泰说道。

"我弄丢了我的别针——我祖母的别针。"敏泰用悲伤的声音说道，她大大的棕色眼睛也充满了伤感，目光忽而抬起，忽而低垂，她坐在拉姆齐先生旁边，这种姿态激发了他的骑士精神，于是他开始跟她打趣。

她怎么会傻成这个样子呢，他问道，戴着首饰去爬岩礁？

她做出一副被他吓坏了的样子——他是这般智慧，她第一次坐在他身旁的那个晚上，他谈起乔治·艾略特，她当时真的很担心，因为她把《米德尔马契》①的第三卷忘在火车上了，她永远不知道这部小说的结局是怎么样的，但后来她和他相处得非常好，她甚至让自己看起来比实际更傻一些，因为他喜欢对她说她是个小傻瓜。所以，在今晚，他这么直接地嘲笑她，她并不感到害怕。另外，她知道，当她一走进房间，一件神奇的事情就会发生：她身上有着金色的光晕。有时候她身上有，有时候没有。她从来不知道这个光晕为什么会来，又为什么会走，也不知道自己身上是不是有，直到她走进房间，从男人们看她的眼光中就能知道。是的，今晚她拥有这个光晕，而且非

━━━━━━━━

① 19世纪英国小说家乔治·艾略特的长篇小说。

常大。她是从拉姆齐先生跟她说不要当一个傻瓜的语气里察觉得。她坐在他身旁，微笑着。

那件事一定发生了，拉姆齐夫人想，他们订婚了。有一瞬间她感受到了一种从未曾想过还会再现的感觉——嫉妒。因为她的丈夫和她一样，也感受到了——敏泰脸上的红晕；他喜欢这些姑娘们，这些金发飞扬的、面色潮红的姑娘们，她们身上有股神采飞扬的野性和恣意的劲儿，她们不会"把汗毛刮去"，不会像他口中的可怜的莉莉·布里斯科那样"……营养不良"。她们身上有些她所没有的东西，某种光彩，某种丰富，这都吸引着他，让他开心，使他宠爱像敏泰这样的姑娘们。她们可能会把他的头发剪下来，为他编一条表链，或者在他正工作的时候打断他，招呼他（她听到过）："来吧，拉姆齐先生，现在该是我们把他们打败的时候了。"于是他便会出去打网球。

但是她实际上并不嫉妒，只是偶尔地，当她看看镜中自己的模样，有点悔恨而已，她变老了，也许这是由于自己的过错。（暖房的修理费用，还有其他他所有要操心的事。）她很感激她们对他大笑，（"您今天吸了多少烟啊，拉姆齐先生？"等等）这会使他看起来又像个年轻人，一个对女人非常有吸引力的男人，一个没有背负重担，没有被工作的繁重、世间的不幸、名誉或失败所压弯了腰的那个她最初认识的他，瘦削却谦虚有礼的青年。她记得，他当时搀着她从船上走下来，那欢快的样子，就像现在（她看向他，他看起来惊人的年轻，正在戏弄敏泰）。至于她自己——"把它放在这里吧。"她说道，帮着瑞士姑娘把那口盛着法式焖牛肉的巨大棕色容器轻轻放到她面前——她喜欢傻点儿的人。保罗必须坐在她旁边。她为他留了一个座位。真的，有时她觉得自己最喜欢傻瓜。他们不会拿自己的论文来烦人。这些聪明人，他们错过了多少其他的事情啊！真的，他们变得多么枯燥无趣啊。当保罗坐下时，她想，他身上有些东西是非常有魅力的。他的举止让她感到舒服，他的鼻梁坚挺，蓝眼睛明亮迷人。他是如此体贴。他能不能告诉她——既然他们现在又重新开始聊天了——究竟都发生了什么事？

"我们回去寻找敏泰的别针。"他一边说话，一边挨着她坐下。"我们"——这个词足够了。她注意到他提高了嗓音，努力说出了一个难以启齿的词，这是他第一次用"我们"这个字眼。"我们做了这个，我们做了那个。"他们将一辈子用这个词了，她想道，这时玛莎有些炫耀地挥手掀开了盖子，一股混合着橄榄油和肉汁的美妙香气从那个棕色的砂锅里面冒了出来。那厨娘在这道菜上花了三天的工夫。她必须十分小心，拉姆齐夫人一边把餐刀插进那酥软的牛肉中，一边想，一定要给威廉姆·班克斯选一块特别嫩的。她凝望着这道菜，锅的内壁闪着光泽，棕黄色的肉块、肉桂树叶和烹调的葡萄酒都融合在一起，散发着香浓的美味。她想着，这道菜正好可以用来庆祝那件事——一种奇怪的欢庆节日的感觉在她心头涌起，既少有又温柔，两种不同的感情好像同时被唤起，一种是深沉的——因为还有什么能比男人对女人的爱情更严肃的呢？还有什么比这更崇高、令人敬畏的呢？这份爱里携带着死亡的种子啊。与此同时，这些爱侣们，这些目光炯炯、进入爱情的幻象中的人儿，他们头上免不了戴着花冠，被一群人嘲笑着，围在中间跳舞。

"这是个巨大的成功。"班克斯先生暂时放下餐刀说。他仔细地品尝了这道菜。它味道丰富，口感柔嫩，烹调得恰到好处。她是如何在这种偏远的小地方做出这种美味佳肴的呢？他向她问道。她是个了不起的女人。他对她所有的爱慕之情、所有的崇敬之情都回来了，她很清楚这一点。

"这是我祖母的一个法国菜谱。"拉姆齐夫人说道，声音里满是喜悦之情。这当然是法国菜，英国烹饪真是让人厌恶极了（他们都一致同意）：那就是把卷心菜放进水里煮，就是把肉烤得像皮革一样硬，就是把可口的蔬菜表皮都剥掉。"菜皮里，"班克斯先生说道，"包含着蔬菜所有的精华。"而且至于浪费的食材，拉姆齐夫人说，一个英国厨师扔掉的食材足可以让整个法国家庭吃饱了。她觉得威廉姆对她的爱慕之情又回来了，现在所有的事情又都顺利进行着，她刚才的疑虑已经结束了，她的活力又回来了，她现在既可以去征服别人，也可以嘲弄别人，她大笑，做出各种肢体动作。莉莉想，她是多么孩子气，多么可笑啊，她坐在那里，她的美丽又在她身上重新绽放了，而她在讨论菜皮。她身上有种使人不安的东西。她是令人无法抗拒的。莉莉想，她最后总是能够如愿以偿。现在她已经成功地达成了心愿——保罗和敏泰估计已经订婚了。班克斯先生坐在这里用晚餐。她仅仅用意愿，就对他们所有人都施加了魔法，如此简单，如此直接。与这丰裕的心灵世界相比，莉莉自己的精神世界显得更加贫瘠，她猜想，也许正是因为对这种奇特的、可怕的精神力量的信仰（她容光焕发——她看上去并不年轻，却光彩照人），才使得保罗·雷莱坐在她的身边，激动得颤抖不已，全神贯注，默不作声。莉莉觉得，当拉姆齐夫人在谈论菜皮时，她在颂扬这种精神力量，在崇拜它；她伸出双手去发挥它，去保护它，然后，在她把这种力量遍布各处以后，她大笑着，把她的牺牲品们（莉莉感觉）领上了祭坛。现在，这股力量也到了她自己的头上——这是一种爱的激情和震颤。她发觉自己在保罗的身旁是如此不引人注意！他，容光焕发，热情洋溢；她，性情冷淡，爱讥讽人；他，奔向冒险；

她，泊在岸边；他，已经启程，勇往直前；她，孤然一人，被人遗忘——她愿意在他的灾难里，如果他面临的是一场灾难的话，她愿意与他分担，她腼腆地问道：

"敏泰是什么时候丢了她的别针的？"

他露出了一个完美的微笑，它笼罩着回忆的面纱，沾染着梦的色彩。他摇摇头。"在沙滩上时。"他说。

"我要去找到它，"他说，"我明天要早起。"这对敏泰是保密的，他降低了声音说道，然后把目光望向敏泰坐着的地方，她正在拉姆齐先生身边大笑着。

莉莉不同寻常地想强烈表达她要帮助他的愿望，想象着在破晓时分的沙滩上，她是怎样找出了遗落在某块石头后面的别针，这样她也可以跻身于水手和探险者的行列中了。但是他对她的提议是如何回答的呢？她带着一种平时很少显露的情感说道："让我跟您一同去吧。"而他大笑了起来。他是同意还是拒绝——也许都是。但这还不是他要表达的意思——他奇怪地抿嘴低笑着，好像在说，如果你愿意跳下悬崖那就跳吧，我不关心。他把爱情的火热、可怕、残酷和无情都朝着她的脸砸了过来。这烫伤了她，莉莉看向敏泰，她正在桌子的另一端，对拉姆齐先生施展魅力，想到她已暴露在这些可怕的长牙之下，莉莉不禁不寒而栗。她为自己感到庆幸。不管怎样，这时她看到了餐布图案上的那只盐罐，对自己说，她不需要结婚，谢天谢地：她不需要经受这种堕落。她免于遭受了这种灾难。她要把树再往画布中央挪动一些。

事情就是这般复杂。她所经历的，尤其是和拉姆齐一家待在一起的这段日子，总是让她在同一时间强烈地感受到两种截然相反的东西；你的感觉是一回事，我的感觉是另一回事，然后这两种感觉在她的头脑里进行搏斗，就像现在这样。爱情是如此美好，如此令人激动，以至于让我违背了自己的习惯，主动提出去海滩上帮着寻找一枚别针；同时它也是最愚蠢的感情，是人类的激情中最为野蛮的一种，可以让一个相貌堂堂的可爱年轻人（保罗的侧脸十分精致）变成了一个在迈尔底路上手拿铁棍的恶徒（他神气十足，他傲慢无礼）。是的，她对自己说，自从文明伊始，人们就歌颂爱情，它的脚下花环和玫瑰堆积如山。如果你询问十个人，九个人会回答他们什么也不要——除了爱情；而女人——她根据自己的经验来做判断，却时刻都有这种感觉：这不是我们想要的；没有比这更乏味的、幼稚的、残忍的了；然而它却是美好的，是必需的。那么，这是怎么回事呢？怎么回事呢？她询问着，似乎期待其他人能继续这个辩论，就好像在这样的一场辩论中，一个人倾尽自己那点才智，却明显感觉不够，于是让其他人继续这场辩论。于是她又开始倾听他们的谈话，万一他们在爱情这个问题能给自己带来一些启迪呢？

"还有，"班克斯先生说，"一种英国人称之为咖啡的液体。"

"哦，咖啡！"拉姆齐夫人说。但存在更多问题的是黄油和干净的牛奶（莉莉可以看出来，她完全兴奋起来，正在用一种强调的语气说话）。她热情地雄辩着，描述着英国乳业体系的弊病，又讲述牛奶被运输到家门口时是多么脏，她要证实她的指控，因为她亲自调查过这个事情。而这时，坐在餐桌中间的安德鲁终于忍不住笑了起来，就像野火燃着了一簇又一簇的金雀花。孩子们都开始笑起来，她的丈夫大笑起来，她被整桌人那嘲笑的火焰围住了，只得偃旗息鼓，停止作战，她唯一的回击，就是把这桌人善意的嘲笑和奚落展示给班克斯先生看，这就是一个人攻击英国公众的偏见的下场。

不过，因为莉莉刚才在塔斯莱先生的事情上面帮助过她，因此她有意识地将她与同桌的其他人区分开。她说："不过，莉莉同意我的意见。"这样，就把莉莉卷了进来，她有点儿不安，有点儿吃惊。（因为她正在思考关于爱情的问题。）拉姆齐夫人觉得，莉莉和查尔斯·塔斯莱都有些郁郁寡欢。他们两人都要忍受另外两个人的光环。很明显，他感到自己完全置身于冰窖之中，只要保罗·雷莱在这个房间里，没有女人会对他看上一眼。可怜的家伙！不过，他还拥有他的论文，那是关于某人对某事产生了某种影响的文章，他可以自得其乐。而莉莉就不同了。她在敏泰的光晕之下显得黯然失色，她那灰色的连衣裙，那张起皱的小脸和那双小眯缝眼更无法引人注意了。关于她的一切都是这么渺小。不过，拉姆齐夫人一边向莉莉寻求帮助（莉莉应该支持她，她谈论的关于乳业的这些东西还没有她丈夫谈论他的靴子时唠叨呢——他谈论起自己的靴子来可以讲上好几个小时），一边在心里比较着她和敏泰——在四十岁时，莉莉会更出色些。在莉莉身上，贯穿着某种东西，闪耀着某种东西，这是属于她自己的某种东西，拉姆齐夫人确实非常喜欢，但是她担心，可能没有男人喜欢。很显然，不会有男人喜欢的，除非是一个年长很多的男人，像威廉姆·班克斯这样的。但是，他是在乎莉莉的，是的，有时候拉姆齐夫人觉得他可能是在乎她的，因为他的妻子已经亡故了。当然他不是"陷入了爱情"，这是很多种无法被分类的感情中的一种。哦，胡言乱语，她想着，威廉姆必须和莉莉结婚。他们有如此多的共同之处。莉莉是这么爱花。他们俩的性情都很冷淡、超然，能自娱自乐。她必须安排他们俩进行一次长时间的散步。

今晚她真傻，让他俩相对而坐了。明天必须补救过来。如果天气好，他们可以去进行一次野餐。一切似乎皆有可能。一切似乎都是对的。就在刚才（但这是不可能持久的，她想，此时他们所有人正在谈论着靴子），就在刚才她已然到达了一种安全的境地之中，她像一只在空中鼓翅悬停的鹰，像一面在喜悦的气氛中飘扬的旗帜，这种喜悦充满了她全身上下的每一根神经，它是甜蜜的，安静的，庄严的。她看着她的丈夫、孩子、宾客进餐，这种喜悦感便从这画面中溢出，这是一种深刻的静止状态（她正在帮威廉姆·班克斯再添一块很小的牛肉，并凝视着那砂锅深处），没有什么特殊原因，这种喜悦感像薄雾一样停留在这里，向上升腾，把他们所有人都安全地笼罩其中。不需要说什么；也不能够说什么。这种感觉就在这儿，包围着他们。她一边小心翼翼地帮班克斯先生挑选一块特别嫩的牛肉，一边想，这种感觉是一种永恒的存在。正如她在今天下午曾感受到的某种东西；事情之间有一种连贯性，一种稳定性，存在着某种不会改变的东西，它面对这流动的、飞逝的、幽灵一样的世界，像红宝石一样闪着光芒（她瞥了一眼烛光氤氲的玻璃窗）；于是今晚她再次有了白天时已然有过的某种感觉，那是和平与休憩的感觉。在这种时刻，她想，它会让这种感觉延续下去。

"是的，"她让威廉姆·班克斯放心，"这还有很多牛肉，足够所有人享用。"

"安德鲁，"她说道，"把你的盘子放低些，否则肉汁就要洒出来了。"（法式焖牛肉大获成功。）她放下分餐勺。她觉得，这里是事情核心部分的静止的空间，她可以在这空间中行动或休息；可以一边听着他们聊天，一边等待（他们所有人都盛好了牛肉）；然后，她可以像一只鹰似的从高处俯冲而下，得意地盘旋，自在地发出阵阵笑声；她把自己的整个力量都压在餐桌的另一端，此处她的丈夫正在讲着什么一千二百五十三的平方根。那好像是他手表上的数字。

这是什么意思呢？直到今天她也毫无概念。一个平方根？这是什么东西？她的儿子们都知道。她侧耳倾听他们的谈话内容：三次幂和平方根；伏尔泰和斯达尔夫人[1]；拿破仑的性格；法国土地的租借政策；罗斯伯雷爵士[2]；克里维[3]的回忆录。此时，男性智慧正像织布机上的飞梭一般在上下翻动、左右交织着，编织而成的令人赞叹的布托住了世界，托住了她，她可以把自己全然托付于它，甚至可以闭上双眼，或眨眨眼睛，就好像一个孩子从枕头上惬意地仰望一棵树上层层叠叠的叶子，眨动双眼一样。这时她从遐想中回过神来。人类智慧的布匹还在

---

[1] 法国女作家、文艺评论家。
[2] 英国首相。
[3] 英国政治家，著有《克里维文集》。

编织中。威廉姆·班克斯正在称赞《威佛利》这部小说①。

　　威廉姆·班克斯每半年都会读一本，他说。这为什么会让查尔斯·塔斯莱感到生气呢？他插入这个话题（拉姆齐夫人想，这都是因为普鲁不愿意对他好一点儿的缘故）并批评这部小说，尽管他对此一无所知，拉姆齐夫人心想。她观察着他的举止，而没有听他在讲些什么。她可以从他的举止看出问题的所在——他想要证明自己，他一直这样，直到他成了大学教授或是娶了妻子，那时候他就不会再总是说"我——我——我"。因为，他批判可怜的瓦尔特爵士或简·奥斯丁，都只是为了证明"我——我——我"。她从他的声音、他强调的语气、他那不安的情绪就能够知道，他考虑的是他自己和他给别人留下的印象。他若获得成功，对他会大有益处。不管怎样，他们又开始交谈了。现在她不需要倾听谈话内容了。不会持续很久的，她知道。此刻她的眼光如此敏锐，仿佛揭开了餐桌边每个人脸上的面纱，毫不费力地看透了他们的思想、他们的情感，就好像是一束潜入水中的光，照亮了水面的涟漪、水中的芦苇，还有那些摆动身体的鲽鱼、突然静止的鳟鱼，它们都悬在那儿，颤动不已。于是，她就这样看着他们，听着他们谈话，但是无论他们说什么都具有这样一种性

---

① 苏格兰作家瓦尔特·司各特的小说。

质——他们的话语就像是一条鳟鱼在游动，与此同时，她可以看到水面的波纹和水底的沙砾，还有它右边和左边的东西，而所有这一切都构成了一个整体。如果是在现实生活中，她现在会撒网捕捞，把这些东西都分样归类；她会说她喜欢《威佛利》，或是还没有读过这部书；她会鞭策自己往前冲，但是现在她什么也没说。此刻，她还处在一种悬空的状态中。

"啊，但你认为这部小说会流传多久呢？"有人问道。就好像有一双触角从她体内颤巍巍地探了出来，感知到了某些句子，强迫她加以注意。这句话就是其中之一。她探知到了这句话中存在的对她丈夫而言的危险。一个类似这样的问题，几乎一定会引出一些争论，让他想到自己那本书的失败。他的著作还会被读多久呢——他立刻就会这么想。威廉姆·班克斯（他完全不受这种虚荣心的束缚）大笑起来，说他认为流行的改变并不重要。谁能断定什么书会一直流传下去呢——不管是在文学方面，或是在任何其他方面？

"让我们欣赏我们真正欣赏的东西吧。"他说。他的这种正直的品质在拉姆齐夫人看来非常可敬。他似乎从来没有一刻钟想过，这对我自己会有什么影响？但是如果你是另外一种性格——必须被赞扬，被鼓励，自然而然你就会开始（她知道拉姆齐先生已经开始了）感到不安；你会希望有人说，哦，但是您的著作必将传世，拉姆齐先生，或一些类似的话。现在，他把自己的不安暴露得非常明显，他有点恼怒地说，不管怎样，司各特（或者是莎士比亚？）的作品他会读一辈子的。他说这句话时是气愤的。她觉得，此时每个人都感觉有些不舒服，却说不出为什么。这时，敏泰·多伊尔因为其善良的天性，故意夸大其词地说，她不相信真的有人会喜欢读莎士比亚的作品。拉姆齐先生坚定地说（不过他的注意力被转移了）很少有人像他们所说的那样喜欢莎士比亚。但是，他补充道，在莎翁的戏剧里，有一些价值。拉姆齐夫人看到，此刻风平浪静了。他会开始嘲笑敏泰，而她，拉姆齐夫人观察到，她意识到拉姆齐先生现在很焦虑，她会用自己的方式确保他会被照顾好，她会称赞他，这样或那样。但是，她希望赞美的话对他来讲不是必需品：也许，这是她的过错，让这成了他的必需之物。不管怎样，她现在可以放松下来，听听保罗·雷莱讲述的关于他童年时所读过的书。这些书会一直陪伴着你，他说。他在学校时读过一点儿托尔斯泰的小说。有一本书他一直难以忘怀，但是他不记得里面的主人公名字了。俄国人的名字是不可能记住的，拉姆齐夫人说。"沃伦斯基。"[①]保罗说。他记得这个名字是因为他一

---

① 《安娜·卡列尼娜》中的男主人公。

直觉得对于一个浑蛋来说，这个名字太好了。"沃伦斯基，"拉姆齐夫人说，"哦，《安娜·卡列尼娜》。"但是他们的谈话并没有能走得更远，书籍并非他们擅长的话题。不，查尔斯·塔斯莱马上就能够在这方面纠正他们，但是在他其他的话里总是夹杂着一些忧虑——我说得正确吗？我正在给大家留下一个好印象吗？于是，最终人们了解他自己比了解托尔斯泰还多。不过，保罗所说的话全是在就事论事，并不涉及自己，没有其他东西。就像所有在学问上愚笨的人一样，他也有一种谦逊感，他会体察你的感受，这让她觉得他很有魅力。现在他脑袋里所考虑的，不是他自己，不是托尔斯泰，而是她是否觉得凉，她是否觉得风有点儿大，她是否想吃个梨。

　　不，她说，她不想吃梨。实际上，她一直在警惕地看守着那个果盘（她自己并没有意识到这点），不希望有人触碰它。她的目光一直在水果的线条和阴影中进进出出，首先穿梭于摆放在低处的深紫色葡萄中间，再爬上贝壳果盘外隆起的一条条竖棱上。她把黄色与紫色相衬托，将曲线和圆形相对比，她既不知道自己为什么要这样做，也不知道为什么每次她这样做时，内心会感到更加的安宁；直到，哦，他们这样做是多么遗憾啊——一只手伸了出来，拿走了一只梨，破坏了整体的美感。她惋惜地看了露丝一眼，她正坐在贾斯帕和普鲁中间。她的一个孩子竟会做出这种事情，是多么奇怪啊！

这是一种很奇怪的感觉，她看着自己的孩子们在那里坐成一排，贾斯帕、露丝、普鲁和安德鲁，他们几乎不说话，但是她从他们轻启的嘴唇可以猜到，孩子们正在开着属于他们自己的小玩笑。这是某件和其他一切都无关的事情，是一件他们等到了自己房间里才会大笑的事情。这不是关于他们父亲的，她希望。不，她认为不是。不管是因为什么事情，她寻思着，都让她感到很难过，因为似乎只有在她不在场的时候孩子们才会自由地大笑。在那些安静的、静止的、像面具一样的脸庞后面，隐藏着一些她不知道的事情，因为他们不会轻易加入到大人的队伍中来；他们就像是旁观者和调查者，处在稍高一些的位置或是与大人们隔开一段距离。但是，当她看向今晚的普鲁时，他看到她并不完全是这样的。她刚刚开始降落到成人的世界中来。她脸上有着微弱的光晕，就好像对面敏泰身上的光晕，她有一些激动，一些对幸福的预期反映在她的身上，好像男女之爱的太阳正在从桌布的边缘升起，尽管还不知道它是什么，她就已经朝它弯下腰，并迎接它。她一直在瞧敏泰，害羞而好奇，拉姆齐夫人看看这个，看看那个，她在心中对普鲁说：你以后也会成为像她一样幸福的姑娘。你会更幸福的，她补充道，因为你是我的女儿。她要说这个意思。她自己的女儿必须比别人的女儿更幸福。不过晚餐已经要结束了。是时候离席了。他们只是在玩着自己盘子里的东西。她的丈夫正在讲一个有趣的故事,她要等他们都笑完了才行。他正在和敏泰开一个关于打赌的玩笑,完后她就可以起身了。

她喜欢查尔斯·塔斯莱,她突然意识到,她喜欢他的笑声。她喜欢他对于保罗和敏泰如此气愤。她喜欢他尴尬的样子。毕竟,在这个年轻人身上有很多东西。至于莉莉,她一边把餐巾放到盘子边上,一边想,她总是有一些自己的笑话,人们永远也不用为莉莉操心。她在等待着。她折起餐巾,把它塞到盘子底下。好吧,他们现在结束了吗?没有。这个故事引出了另外一个故事。她的丈夫今晚兴致很高,她猜想,在那盘汤引发的不快之后,他希望和老奥古斯都重归于好,因此把他也带入了谈话中——他们正在聊一个两人上大学时都认识的熟人的故事。她望向窗户,玻璃是漆黑的,因此蜡烛的火苗在其上的映像显得更加明亮。她看着外面,传到她耳畔的声音很奇特,似乎是人们在教堂做礼拜时发出的声音,因为她并没有在听那些话是什么。突然之间迸发出一阵大笑声,然后一个声音(敏泰的声音)在独自说话,这让她想起了在某个罗马天主教堂里,男人和男孩们做礼拜时会高声吟诵拉丁经文。她等待着。她的丈夫发言了。他在重复着什么话,从那抑扬顿挫的韵律、悲喜交加的声调可以判断，她知道那应该是一首诗：

> 出来吧，走上这花园间的小径，
> 卢琳安娜·卢琳丽。
> 月季花正在盛放，
> 黄色的蜜蜂嗡嗡采蜜。

这些诗句（她凝视着窗户）被吟诵出来，就好像花朵漂浮在室外的水面上，它们跟室内的人们脱离了关系，好像没有人说过这些诗句，而它们自己出现了一般。

> 我们曾经的生活，
> 我们以后的生活，
> 充溢着树木和更迭的叶。

她并不知道这些诗句的意思，但是，这些话就像音乐一样，仿佛出自她自己的口中，轻松而自然地说出了整个晚上她言不由衷时脑子里想的东西。她不用环视周围就知道，餐桌边的每个人都在聆听这个声音的吟诵：

我不知道，你是否也这样想，

卢琳安娜·卢琳丽。

他们感到和她同样的解脱和喜悦感，就好像终于说出了很自然的事情，这是他们自己的声音在说话。

但是这声音停止了。她向四周看去。她站了起来。奥古斯都·卡迈克尔先生站了起来，他手中拿着餐巾，看上去像穿了一件白色的长袍，他唱道：

看到君王们身骑骏马，

走过草地，路过雏菊花，

他们佩戴着棕榈叶和杉木的箭束，

卢琳安娜·卢琳丽。

当她经过他面前时，他略微朝她转了转身，重复着最后那句诗：

卢琳安娜·卢琳丽。

并且向她鞠了一躬，好像在向她致敬。不知道为什么，她觉得他比以前任何时候都要更喜欢她了。带着一种宽慰和感激之情，她向他回礼，从他为她打开的大门走了出去。

现在有必要把每件事都往前推进一步了。当她的脚踩到门槛上时，她停留了片刻，眼前的场景在她的注视下逐渐消散。然后，她挽着敏泰的手臂离开房间，这时原来的场景发生了变化，变成了另一个样子。她回首再看了最后一眼，她知道，它已经成为过去了。

18

这和以往一样，莉莉想。拉姆齐夫人总是出于个人的某些原因，在这种宝贵的时刻决定立刻去完成某些事情。大家此时都在站着闲聊，讲些笑话来打发时间。他们决定不了现在是去吸烟室，去客厅还是去阁楼，只看到，拉姆齐夫人站在这一片人声喧哗之中，手挽着敏泰的胳膊，突然想起了什么，"没错，现在应该去做那件事啦"。于是她立刻离开了，脸上带着一种要独自去做某件事的秘密表情。而当她一离开，一种解体感就在人群当中出现了。他们犹豫了片刻，四散离开，班克斯先生拉着塔斯莱先生的胳膊走开了，他们要到露台上去继续晚餐时开始的关于政治的讨论，于是这一整个晚上的重心改变了，重心向一个不同的方向倾斜，莉莉一边看着他们走远，一边想，他们好像走上了一艘轮船的驾驶台，正在测定自己下一步该往哪走。她听到他们谈论工党政治政策的只言片语，这种从诗歌到政治的话题转变让她很受震动。班克斯先生和查尔斯·塔斯莱离开了，而其他人则立在原地看着笼罩在灯光下的拉姆齐夫人独自走上楼去。莉莉忍不住猜测着，她这么匆忙，是要去哪里呢？

　　事实上，她并没有表现得急匆匆或是跑着上楼；事实上，她是在慢慢地走。她刚闲聊了那么多，现在想静静地站一会儿，把一件要紧的、特殊的事情从各种情绪、各种奇怪的琐事中分离，清理出来，呈至自己面前，再带到裁决这类秘密事情的端坐着的审判团跟前。保罗和敏泰私订终身，这件事是好还是坏？是对还是错？我们都将要去往哪里？在经受了这件事所带来的冲击后，她很快调整好了自己，但还是下意识地抓住窗外的榆树枝来让身体保持平衡，这看起来有点不协调。她的世界是在变化的，而树是静止的。这件事给了她一种动荡不安的感觉。一切都必须在秩序之中。她必须要确保这件事是正确的，她一边想，一边不自觉地默默赞许树木静止不动的庄严感，和现在风抬起榆树枝，树枝上扬的姿态（就像一艘轮船在浪头上船头上扬一样）。这是因为风的缘故（她站了一会儿，向外望去）。风很大，树上的叶子时不时被吹得沙沙直响，向旁边摇晃开，叶片的缝隙中露出天空上的一颗星，而星星似乎也在摇曳着，闪烁着，好像要从叶子的边缘投出光芒。是的，那件事已经成了定局，大功告成。一切都已尘埃落定，现在没有了闲言碎语和各种情感，她再想这件事时，它显得庄重而严肃。它似乎一直都是如此的，只是现在它的庄严性被凸显了出来，也正在被呈现。它让一切都稳定了。她继续放飞着自己的思绪，她想，他们两人在有生之年，肯定会永远铭记这个夜晚，这月光，这风，这房子，也会永远铭记她。这个念头让她感到荣幸之至，这是她最容易得到人们恭维的地方。在他们两人的生命中，她会永远萦绕其心中，还有这个，这个，和这个，她一边想，一边笑着走上台阶，深情地看着楼梯平台上的沙发（她母亲的遗物），看着那把摇椅（她父亲的遗物），看着那张赫布里底群岛的地图。这一切都会在保罗和敏泰的生命中重现。"雷莱夫妇"——她试了一下这个新的称呼。她把手放在孩子们房间的门上时，感受着自己与他人情感的沟通融汇，那分隔人们心灵的墙壁变得如此单薄（她感到宽慰和幸福），仿佛一切都汇聚成了一条清溪，椅子、桌子、地图是她的，也是他们的，这些东西是谁的并不重要，当她死后，保罗和敏泰会让这里的生活继续下去。

她稳稳地握住门把手，以免它发出刺耳的吱呀声，她打开门走了进去。她轻轻抿起嘴唇，好像要提醒自己不要发出声音。但是她一进房间就很生气地发现，自己的小心完全是多余的。孩子们并没有在睡觉。这是最让人生气的事了。玛德蕾特应该更细心一些。詹姆斯毫无睡意，凯姆直着身子坐在床上，玛德蕾特光着脚站在地上，现在已经快夜里十一点了，而他们全都在聊天。这是什么情况？又是那个可怕的野猪头骨在作怪。她已经告诉过玛德蕾特把它移走，可是很明显，玛德蕾特忘记了。现在凯姆和詹姆斯都醒着在吵嘴，他们几小时前就应该睡下了。爱德华到底是怎么想的，送给孩子们这个可怕的野猪头骨。她当时真傻，让人把它钉在这里。玛德蕾特说，它钉得很结实，只要它在房间里，凯姆就无法入睡，可是如果她动它一下，詹姆斯就会尖叫。

凯姆必须睡觉了（凯姆说它长着大角）——她必须睡觉了，并且会梦到漂亮的宫殿，拉姆齐夫人一边说着，一边坐在她的床边。她能看见那些角，凯姆说，整个房间都是。这倒是不假。不管他们把灯放在哪儿（没有灯亮着，詹姆斯就不能入睡），总会有这野猪头骨的影子投射下来。

"不过凯姆，想想看，这只是一头老猪而已，"拉姆齐夫人说，"一只可爱的黑猪，就和农场里的猪一样。"但是凯姆认为它是个可怕的东西，影子在房间里四散晃动着，好像一直在看着她。

"好吧，"拉姆齐夫人说，"我们把它给盖起来。"他们看着她走到五斗柜前，快速地把抽屉一个一个地打开，却没有发现任何可用的东西，于是她马上脱下了自己身上的披肩，围在了野猪头上，一圈一圈地把它包裹严实，然后回到凯姆身边，把头低到她枕边，告诉她，这个东西现在看上去很可爱了；仙女们会很喜欢它；它就像一个鸟巢；就像她以前看到过的国外的美丽山峦；有幽谷和鲜花，钟声在敲响，鸟儿在欢唱，还有小山羊和小羚羊……她可以看见，当她有节奏地说这些话的时候，这些字句在凯姆的脑中回旋着，凯姆重复着她的话，它像一座山峦，一个鸟巢，一个花园，那儿有小羚羊，她的眼皮抬起又闭上，拉姆齐夫人继续用更加单调的、有节奏的语气说着，她必须闭上眼睛，梦见山脉和幽谷、流星、鹦鹉、羚羊和花园，还有一切美好的东西，她一边更加单调地说着，一边轻轻地把头从枕旁抬起来，直到她坐了起来，看到凯姆已经睡着。

现在，她穿过房间来到詹姆斯床边，轻语道，詹姆斯也要睡了。她说，你看那野猪头骨还在那儿；他们没有动它一下；他们照他的心愿办了；它在那里完好无损。他确认了野猪头骨还在那里，在披肩下面。但是他还想再问她点其他事情。他们明天会到灯塔去吗？

不，明天不行，她说，但是很快，下一个晴天就会去的。她向他保证。他是个好孩子。他躺下了。她给他盖好被子。但是她知道，他永远也不会忘记这件事。她对查尔斯·塔斯莱、她的丈夫和她自己都感到生气，是她点燃了他的希望。这时她突然想起了自己的披肩，意识到它还在那野猪头骨上面裹着，她起身把窗户拉下了一两英寸，听到了外面的风声，她吸了一口夜晚的凉气，向玛德蕾特小声道了晚安，走出了房间，让门闩轻轻地在门锁里合上，她离开了。

她希望查尔斯·塔斯莱不要砰的一声把书摔在地上，他的卧室在孩子们楼上。她还在想着，他的言行是多么恼人啊。这两个孩子的睡眠都不怎么好，他们是容易兴奋的孩子，自从他对去灯塔的事情说了那样不中听的话以后，拉姆齐夫人觉得他很有可能在孩子们即将睡着的时候，不管不顾地拍他那堆书，或是不小心用手肘把书从书桌上扫到地上。她猜他已经上楼开始工作了。可是，他看上去是如此孤单；可是，当他离开了，她会轻松起来；可是，她希望他明天会得到更好的待遇；他钦佩她的丈夫；可是，他的举止的确需要改进；可是，她喜欢他大笑的样子——她一边想着这些，一边走下楼，她发现她现在可以在楼梯平台上看到窗外的月亮——那黄色的、丰收季节的月亮——她转过身来，他们看到她站在楼梯上方的台阶上。

"这就是我的母亲。"普鲁想。是的，敏泰应该看着她，保罗·雷莱应该看着她。事情就是这样的，她觉得，世界上像这样的人好像只有一个，这就是她的母亲。片刻之前，她和其他人交谈时还很像个成年人的样子，可是现在她又成了小孩，她觉得他们在做的只是一场游戏，她在思考自己的母亲会认可这种游戏，还是会谴责它。敏泰、保罗和莉莉若在此时看到她，该是多么幸运，而她拥有这样一位母亲又是多么幸运，她真希望自己永远不要长大，永远不要离开家，她就像个孩子一般，说道："我们想去沙滩上看海浪。"

听到这话，没有任何缘由的，拉姆齐夫人好像突然变成了二十岁的年轻姑娘，眼神中充满了喜悦。一种类似狂欢的状态占据了她的身心。当然他们一定要去了，当然他们一定要去，她笑着大声说道。她轻快地跑下那剩余的三四级台阶，来到他们中间，看看这个，看看那个，一边笑着，一边帮敏泰围好围巾，她说她真希望自己也能同往。他们会很晚回来吗？他们中有人带表了吗？

"是的，保罗有表。"敏泰说。保罗从一个小软皮袋子里掏出一块美丽的金表给她看。当他把表放在手心里呈给她时，他心里想："她对这一切全都知道了。我什么也不需要说了。"他在把表给她看时说道："我已经办到了这件事，拉姆齐夫人。这一切都要感谢您。"看到他手里的金表，拉姆齐夫人觉得，敏泰是多么幸运啊！她要和一个用软皮袋子装金表的男人结婚了！

"我真希望能和你们同去！"她大声说。但是某种强大的力量阻止了她这样做，她甚至从来都没有想过问自己这是什么。当然，她是不可能与他们同去的。但是，如果不是有别的事情，她是很愿意的。她为自己荒唐的想法感到好笑（和一个用软皮袋子装表的男人结婚是多么幸运），她唇上挂着一丝微笑，走进另一间房间，她的丈夫正坐着阅读。

19

她走进房间，对自己说，我当然得来这儿。她来这儿是要找某种她想要的东西。首先，她想坐在一盏特定的落地灯下的一把特定的椅子上。但是她还想要某种其他的东西，尽管她也不知道那是什么，她琢磨不出她想要的是什么。她看向丈夫（她拿起她的袜子，开始编织），他并不想被打断——这很明显。他正在读一些非常打动他的文字。他似笑非笑，她知道他在控制着自己的情绪。他正在翻着书页。他正在投入其中——

也许他把自己当成了书中的主人公。她在想这是哪本书。哦，这是司各特爵士的一本书，她看到了。她把灯罩调整了一下，好让灯光照到自己的编织活计上。因为查尔斯·塔斯莱一直在强调（她抬起头，好像预料到楼上会有书砸在地上），说人们如今已经不再读司各特了。于是她的丈夫想，"他们将来也会这么评价我的书"。于是，他拿了一本司各特的作品。如果他也觉得查尔斯·塔斯莱的话"所言非虚"，他就会接受关于司各特的定论。（她可以看出，他一边读，一边在权衡、考虑、比较。）但这并不能作为他自己的定论。他对自己的事总是缺乏信心。这让她很苦恼。他总是担忧自己的书——会有人读它们吗？它们写得好吗？它们为什么不能更好呢？人们是怎么评判我的呢？她不想再去想这个样子的他，她在想着晚餐时大家是否猜到了为什么在提起名声和书传世与否时他突然变得烦躁易怒，想着孩子们会不会笑话这件事。她把袜子拉直，她的额头和嘴唇，那如同钢刀雕刻出来的优美线条展露了出来，她就像一棵随风摇摆的、颤抖的树一样，现在风停了，叶子一片一片地静止，安静了下来。

这并不重要，都不重要，她想。一位伟人，一本著作，名誉和声望——谁能说得准呢？她对此一无所知。但他就是如此，这是真实的他——比如，刚才在用晚餐时，她就本能地希望，如果他能讲句话就好了！她对他有十足的信心。抛开所有这些想法，她就像一个潜水的人，一会儿游过一株水草，一会儿遇到一根稻草，一会儿又看到一个水泡，当她潜到深处时，就像刚刚在餐厅中别人交谈时她曾有过的感觉：我想要某种东西——我来找某种东西。她闭着眼睛，越潜越深，并不是很清楚这个东西究竟是什么。她等了一会儿，织着毛线，思考着，而他们在用餐时念过的诗句"月季花正在盛放，黄色的蜜蜂嗡嗡采蜜"开始有节奏地、慢慢地在她的脑海里来回游走，而在这些句子游走之际，这些字词就好像是一个个带着灯罩的小灯，有红的、蓝的、黄的，它们在她黑暗的脑海中闪着光，好像已经离开了它们的灯座，向上飞来飞去，或者是要被人大声朗读出来，久久回荡。于是她转过身，在身旁的桌子上找到了一本书。

> *我们曾经的生活，*
> *我们以后的生活，*
> *充溢着树木和更迭的叶。*

　　她喃喃低语，把钢针插入长袜。她翻开这本书，随机地读读这儿，读读那儿，仿佛自己一会儿爬向上，一会儿退向下，她猛地拨开那些漂浮在她头顶上的花瓣，她只知道这个是白的，那个是红的。她起初并不知道这些词是什么意思。

> 稳住舵，来这里，
> 所有疲惫的水手，
> 乘着如翼的松舟[1]。

她一边读一边翻页，摇晃着头，从这里走到那里，从这一行跳到那一行，就像从一根树枝蹦到另一根树枝，离开一朵红白相间的花扑去欣赏另一朵，直到一个声音把她从这种状态中唤醒——她的丈夫拍了一下自己的大腿。他们四目相对了片刻，但是他们并不想跟彼此交谈。他们之间没什么要说的，但是尽管如此，有某种东西却好像从他这里传达到了她那里。她知道，这是那生命力，那力量，那巨大的幽默，让他禁不住拍了下自己的大腿。他似乎在说，不要打扰我，什么话也不要说，就坐在那儿就好。于是，他继续他的阅读。他的嘴唇微微抽搐。这让他感到满足。这让他感到振奋。他完全忘记了晚上所有的争执和嘲讽，忘记了坐在餐桌边看着别人无止无休地吃

---

[1] 出自《美人鱼之歌》（*Song of the Sirens*），作者为英国田园诗人威廉姆布朗。

喝时那无法形容的烦恼，忘记了他曾对妻子那般暴躁，忘记了人们对他的著作闭口不谈，好像它们压根不存在一样，他那时明明那么敏感和在意。可是现在，他觉得谁达到了 Z 根本不重要（如果思想就像一个字母表，从 A 到 Z 按先后排列）。有人能达到——如果不是他，那就是其他人。司各特的才华和智慧，他对于直接的、单纯的事物的感情，书中那渔夫，默克尔·贝凯特的茅屋里那可怜的疯狂老人，这一切都让他感到充满了力量，他从某种东西中解脱了出来，甚至有种激动的胜利感觉，甚至忍不住热泪盈眶。他把书抬起一些来挡住脸，让泪水落下，来回地摇着头，全然忘记了自己（但是也有一两个想法冒出来，关于道德，关于英法小说，司各特虽然被束缚住了双手，但是他的观点也许和其他观点一样正确），忘记了他自己的烦恼与失败，可怜的斯坦尼淹死了，默克尔·贝凯特的苦难人生（这是司各特最擅长的），他完全沉浸其中，感受着阅读这本书带来的惊人欢愉和充满生命力的感觉。

好吧，让他们去改进吧，他读完了这章想道。他感觉自己好像刚在和一个人辩论，而他占了上风。不论他们可能说了什么，都不可能对这本书做出任何的改进了，他的处境更加安全了。书中写情侣的篇幅都是废话，他一边思考，一边把整本书在脑子里回忆了一遍。哪些部分是废话，哪些部分是一流的手笔，他思考着，比较着。但是他必须得重读一遍。他记不起来整个故事的情节了。他不得不让他的这些判断暂时处于悬而未决的状态。于是，他又转到了另外一个念头，如果年轻人不在乎这种书，那么他们自然也不会在意他的作品。我不应该抱怨，拉姆齐先生想，他努力压制自己想向妻子抱怨年轻人不钦佩他的欲望。不过他很坚决，他不会再烦扰她了。他现在看着她在阅读。阅读中的她看起来非常安静。他很高兴地想到大家都离开了，他和她单独在这里。他觉得，人生的意义并不全是在于床笫之欢，他的思绪又回到了司各特和巴尔扎克，回到了英法小说的思索当中。

拉姆齐夫人抬起头来，就像一个在打盹儿的人，她仿佛在说，如果他想让她醒来的话，她会的，她真的会的，否则的话，她还可以继续睡一会儿吗，就多睡一小会儿？她正在那些枝丫中攀爬，一会儿向这边，一会儿往那边，她把手放在这朵花上，又放在那朵花上。

"也不要赞颂那玫瑰的鲜红。"她朗诵道。她觉得，这种阅读让自己在徐徐上升，升向顶峰，升向最高点。多么令人满足啊！多么放松！一天中所有的烦琐之事都被吸附在了这块磁铁上。她的心神放空了，清净了。它就在这儿出现了，她突然把它完全握于手中。它美好而明智，清晰而完整，它是由生活提炼出的精华，它被她托在手中——它就是十四行诗。

但是，她开始意识到丈夫正在注视她。他在对她微笑，很奇怪，他好像在温和地嘲笑她沉浸在白日梦中，但是同时他想，继续阅读吧。你现在看上去没有忧愁。他在想她在读什么书，他夸大了她的无知和单纯。他愿意把她想成是不聪明的，一点儿也没有受过书香的熏陶。他猜测着她是否能理解她在阅读的内容。也许不能，他想。她是如此美丽。她的美仿佛——如果可能的话——在他看来有增无减。

　　　　因此，于我还是严冬，而你不在，
　　　　像逗着你影子，我逗它们开怀①。

她读完了。

"怎么啦？"她的目光离开书本，回他以微笑，好像还在梦里一样。

　　　　像逗着你影子，我逗它们开怀。

———————————

① 莎士比亚十四行诗第九十八首。

她喃喃重复着，把书放回桌上。

她和他单独在一起，有什么事情要和他分享呢？她琢磨着，又做起织毛线的活计来。她回忆起餐前换装，看到了那月亮；安德鲁在晚餐时把盘子举得过高，威廉姆说了一些扫兴的话；树上的鸟儿；楼梯平台上的沙发；孩子们都醒着；查尔斯·塔斯莱的书掉在地上把他们都吵醒了——不，不，这是她想象出来的，还有保罗的表有一个软皮表袋。她应该告诉他哪件事呢？

"他们订婚了，"她说，又开始织起袜子来，"保罗和敏泰。"

"我猜到了。"他说。关于这件事没有什么太多要说的。她的思绪还是沉浸在诗歌中忽上忽下，上下飞舞；而他在读完了斯坦尼葬礼的那段描写后，仍旧感到非常激动，心胸开阔。于是，他们坐着，沉默不语。然后她意识到，她希望他说些什么。

任何事，任何事，她心里想着，继续织着她的袜子。任何事都行。

"嫁给一个有软皮表袋的男人多么幸福呀。"她说，这是他们俩都能共同欣赏的那种笑话。

他用鼻子哼了一声。他对这个婚约的感觉就像他对其他任何婚约的感觉一样，那个年轻人远远配不上那个姑娘。她脑海中慢慢出现了这个疑问，那么，为什么要希望人们结婚呢？这有什么价值，什么意义呢？（他们现在说的每个字都是真的。）说些什么吧，她心想，她只想听到他的声音。因为她觉得，那片阴影，那片笼罩他们的阴影又出现了，它又要把她包围了。说些什么话吧，她暗自祈求道，目光投向他，仿佛在寻求帮助。

他沉默着，来回摆弄着他表链上的罗盘，他在思考司各特和巴尔扎克的小说。不过他俩不自觉地越靠越近，肩并肩地紧紧挨在了一起，透过他们之间那堵朦胧的、私密的墙，她能感觉到他的想法就像是那一只抬起来的手，在她的心中投下阴影。现在，既然她的想法变成了他讨厌的那一种——他称之为"悲观主义"——他便开始烦躁不安，虽然他一言不发，只是把手举到额头，捻了一缕头发，又松手让它落下。

"你今晚是织不完这双袜子了。"他指着她手里的袜子说道。这正是她想要听到的——他语气严厉地责备她。如果他说悲观是错误的，她想，那么也许就是错的。他们的婚姻也许会很美满。

"不，"她一边说，一边把袜子平摊在自己的膝盖上，"我不准备织完它。"

还有什么情况？她觉得他还在看着她，但是他的目光起了变化。他想要某种东西——他想要某种她一直以来都感到很难给予他的东西；他想要她告诉他她爱他。而这件事，不，她不能去做。他比她更擅长讲话。他能言善辩——她从来不行。于是，很自然地，总是他去说这些话。出于某种原因，他会突然对此感到介意，还会责备她。他把她称作是一个没有心的女人。她从来没有告诉过他她爱他。但不是这样的——不是这样的。她只是从来不能说出自己的真情实感。他的外套上没有面包屑吧？有什么她能为他做的事情呢？她站起身，来到窗前，手里还拿着那双红棕色的长袜，一方面是为了离他远些，另一方面是因为她想起来，晚上的海很美。但是她知道，在她转身的时候，他也转过了头，他在注视着她。她知道他在想，你比任何时候都要美丽。她也觉得自己非常美丽。你就不能对我说一次你爱我吗，哪怕只有一次？他在想这件事，他已经清醒了，今天要结束了，关于敏泰和他的著作，关于是否要去灯塔的争吵都要结束了。但是她无法做这件事，她说不出来这三个字。于是，虽然知道他正在注视着自己，她没有说任何话，只是转过身来，拿着袜子，也望着他。在她看着他时，她开始微笑，虽然她一个字都没有说，他却知道，他当然知道，她爱他。他不能否认这一点。她微笑着看向窗外说（她暗自想着，世界上没有任何事可以与这种幸福相比）："是的，你是对的。明天要下雨。你们去不成了。"她看着他，微笑着。因为她又胜利了。她没有说出那几个字，可是他却知道。

第二部　时光流逝

1

"好吧，咱们就到时再见分晓。"班克斯先生从阳台走进来时说。

"天太黑了，几乎什么都看不见。"安德鲁从海滩走过来时说。

"根本分不清哪儿是海，哪儿是地啊。"普鲁说。

"咱们还用点着灯吗？"在他们进屋脱衣服的时候，莉莉问道。

"不用了，"普鲁说，"要是大家都进来了，就把灯熄了吧。"

"安德鲁，"她回身喊道，"把厅里的灯给熄了吧。"

灯一盏接着一盏地全都熄灭了，也就卡迈克尔先生的蜡烛亮了一段时间，他喜欢躺着读一会儿维吉尔的作品。

2

伴随着灯光的熄灭，月亮落下了，细碎的雨滴拍打着房顶，巨大的黑暗开始倾泻而下。仿佛没有什么可以在这股巨大的黑暗洪流中生还，它钻进锁孔和缝隙，从窗缝潜入，潜进卧室，在这里吞掉一只水罐和脸盆，在那里吞掉一盆红黄相间的大丽花，还有五斗柜分明的轮廓和坚硬的柜体。不只是家具混淆难分；人的躯体与心灵能分清的也所剩无几，几乎不能使人说出"这是他"或"那是她"。时不时地，一只手抬了起来，似乎抓住什么东西或推开了什么东西，或有人呻吟，或有人大笑，好似和一片虚空共享着一个笑话。

客厅里、餐厅里、楼梯上都悄无声息，几缕残风只能穿过锈迹斑斑的铰链和因海边潮湿空气而膨胀的木质家具（房子毕竟已是摇摇欲坠了）在角落里蠕动，溜进屋子。大家几乎都可以想象到它们在进到客厅时的疑虑和惊讶，它们挑逗着挂在墙上的壁纸，问道：这壁纸还能在墙上挂多久？何时会掉下来？之后，它们会顺滑地掠过墙面，沉思着继续前行，好像在问壁纸上红玫瑰和黄玫瑰会不会凋谢，询问（以温柔的口吻，因为它们时间充沛）废纸篓里撕碎了的信、鲜花和书本（这一切此时都敞开在它们面前）：它们是伙伴吗？它们是敌人吗？它们还能忍受多长时间？

偶尔会从一颗未被遮住的星星、漫游的船舶，甚至是那座灯塔射来一束光，在楼梯和脚垫上留下它苍白的脚步，指引着微风爬上楼梯，在卧室门旁探头探脑。但是，在这里，它们必须停一停了。其他的任何事物都可能会灭亡和消失，而躺在这里的一切却会永恒不变。在这里，有人可能会对那些流动的光影、那些俯身向床轻声细语并四处摸索的微风说：在这里，你既不能触摸，也不能破坏。它们的手指仿佛羽毛般轻盈，又那么轻柔恒久，听到这些话后便无精打采地、如幽灵般地再看了看那些紧闭的双眼和微微松弛的手指，不耐烦地拉紧它们的衣衫，从卧室里消失了。接着，它们寻寻觅觅、磨磨蹭蹭地来到了楼梯平台的窗口、仆人们的卧室、阁楼上的小屋；它们又下了楼，给餐桌上的苹果镀上一层苍白，触碰着玫瑰的花瓣，试图摇一摇画架上的画，掠过脚垫，将一些沙子吹散在地板上。最终，它们一起停了下来，聚在一堆，一同叹了口气，共同发出了一声无由的叹息；厨房中的一扇门对此做出了应答；它敞开了大门，但什么也没有进来，又砰的一声关上了。

［此时，一直在读维吉尔作品的卡迈克尔先生吹熄了蜡

烛。午夜已过。]

3

　　然而，一个夜晚究竟有何意义？它只是一段短暂的时间，何况黑暗会很快消逝，很快就能听到鸟儿吟唱、公鸡啼叫，看到那波谷深处徐徐泛出淡淡的绿色，像极了一片转绿的树叶。然而，此夜过去，仍有新夜。冬天存续了大量黑夜，它用那不知疲倦的手指将它们平等地、均匀地分配。夜变得越来越长，越来越黑。有些夜晚，皎洁的月高悬着，如闪烁的圆盘。秋天里，树木枝叶零落，披挂着破烂的旗子，它们在洞穴般昏暗阴冷的地窖中闪着光，在那里，雕刻在大理石书页上的金字讲述着人们如何在战争中死亡以及尸骨如何在遥远的印度沙场上曝晒。秋天里，树木在黄色的月光下闪着微光，秋收后满月光辉让人的活力更足，抚平着收割后的麦茬儿，带来蓝色的波浪拍击着海岸。

　　此时，上帝似乎被人类的忏悔和辛劳所动，拉开了天幕，现出那幕后唯一的、独特的东西：直立的野兔，汹涌的波涛，颠簸的船儿。如果这些是我们应得的报偿，就该永远属于我们。但是，唉，上帝拉动了绳索，将天幕合上。他感到不悦。他用一阵冰雹将宝藏覆盖，将它们撕碎，弄得面目全非，它们似乎再也不能恢复平静，我们也永远不能用这些碎片重建一个完美的整体，也不能从随处乱扔的纸片上读到明了的真理。因为我们的忏悔只配这短暂的一瞥，我们的辛劳只配这片刻的喘息。

此刻，夜晚充斥着狂风与毁灭：树木前扑后仰，树叶四散奔逃，直到它们遍布草坪、堵塞街沟和排水管、撒满潮湿的小径。大海之上波浪翻卷冲撞，如果哪个在睡觉的人幻想自己可能在海滩上找到他心中所惑之答案，或者找到能和他分享孤独的人，于是他掀开被子独自走去沙滩徘徊，却并没有发现那个乖巧机敏、随时准备为他服务的身影出现，来恢复这黑夜的秩序，来使这个世界反映出灵魂的航向。那只手在他的手里消失了，那声音在他耳边吼叫。怎么啦？为什么？原因何在？躺在床上睡觉的人会被吸引去找寻这些问题的答案，在这一片混乱之中，然而向黑夜提出这些问题几乎是徒劳的。

[在一个昏暗的早晨，拉姆齐先生沿着小道蹒跚而来，他伸出双臂，但是拉姆齐夫人已在昨晚突然离世，再没有人回应他的怀抱。]

4

房子空了，门锁上了，床垫卷起来了，那些流浪的微风——大部队的开路前锋便鱼贯而入，掠过光秃秃的板壁，嗅寻着，流动着，在卧室和客厅里畅通无阻，只遇到哗啦作响的墙纸，嘎吱作响的木板，掉漆的桌脚，还有已经生了水锈、没了光泽、有了裂纹的砂锅和瓷器。人们脱下并遗弃的东西——一双鞋子、一顶猎帽、衣橱里一些褪色的裙子和上衣——只有它们在这空宅里还保持着人形，表明它们也曾被人们填满、充满生机；人们的手指曾忙碌地摆弄过它们的挂钩和扣子；镜子里曾映出过一张面孔，映出过一个空洞的世界，一个身影在其中转动，一只手在挥舞，门开了，孩子们跌跌撞撞地冲了进来又离去。然而此时此刻，日复一日，光影流动，只在对面的墙上徒留刺目的影像，好似一朵花倒映在水中；风中摇曳的树影在墙上鞠躬致意，偶尔遮暗了布满阳光的水池；有时鸟儿飞过，便成就一个柔和的暗影，慢慢地掠过卧室的地板。

如此，美统领了一切，和寂静一同组成了美本身的形态，这是生命已然出走后的美，如同隔着疾驰的火车车窗望去，黄昏里的水塘是那么孤单、遥远、转瞬即逝；那在暮色中显得苍白的水塘，虽然它曾被目光抚慰，但却依旧孤独。美和寂静在卧室里拉起手来，在盖着防尘布的罐子和椅子间寻觅，海边潮湿空气柔软的鼻子在到处触摸，摩擦，嗅闻，不断重复着它们的问题——"你们会褪色吗？你们会灭亡吗？"——但一点儿也不能打乱这宁静、冷漠和纯粹完整的气氛，似乎它们提出的问题都没有必要回答：我们仍旧存在。

似乎没有任何东西能够破坏那个影像，玷污那份纯洁，或扰乱那统领一切的寂静的帷幕，它一周又一周地在空荡的房间里把小鸟悲伤的啼鸣、船只高亢的汽笛、田野里单调低沉的嗡嗡声、犬吠声、人的喊叫声都编织在一起，并用它们把寂静的房子笼罩起来。只有一次，午夜时分，一块木板裂开了，一声咆哮后，断裂了，落到楼梯的平台上，好像数个世纪的静默后，一块岩石从山上崩裂开，咆哮着向山谷俯冲过去。帷幕的一角松动了，来回摆着，然后，宁静再次降临，阴影摇曳，光线俯身向投射在卧室墙壁的影像上致敬。当麦克奈布太太按照指示来开窗并清理卧室时，她用那一双长期浸泡在洗涤盆中的手撕破了寂静的帷幕，又用嘎吱嘎吱地踏过瓦片的靴子将它碾得粉碎。

5

她唱着歌，步履蹒跚（因为她像海里的船一样摇晃），斜睨着（因为她的眼睛从不直接看任何东西，只是斜着瞟上一眼，以表示对这个世界的轻蔑、愤怒及不满——她笨得很，这她清楚），抓着楼梯扶手费劲地把自己拉上楼，从一间房晃悠到另一间房。她擦着穿衣镜长长的镜面，斜睨着她摇摆的身影，嘴里发出了一个声音——二十年前这是舞台上一支欢乐的歌曲，曾被人哼唱，伴随它起舞，但现在从一个头戴软帽、牙齿脱落的看房女人之口哼出，就丧失了意义，像一种愚蠢、幽默、固执己见的声音，被践踏下去但又蹦了起来，于是在她蹒跚着掸灰擦地的时候，她似乎在倾诉，生活就是一段长久的忧伤和烦恼，是起床又睡觉，是把东西拿出来又放回去。活在这个她生活了近七十年的世界上可不是容易或舒适的。她已然累弯了腰。还要多久？她跪在床下擦地板时浑身嘎嘎作响，哼哼唧唧地自问道：像这样还要持续多久？但是她又蹒跚而起，再次伫立镜前，斜睨着镜子，然而她的目光从自己的脸上一扫而过，躲开了自己的脸、自己的忧伤，无由地微笑着，然后又开始缓慢跛行，拿起垫子，放下瓷器，斜睨着镜子，好像她有自己的安慰，好像在她的挽歌中交织着一些永不泯灭的希望。在洗涤盆前，一定也映现出了许多快乐的幻影，例如和孩子们一起（然而两个是私生子，一个还抛弃了她），在小酒馆里喝酒，翻动抽屉里的小物件。黑暗中一定存在缝隙，在晦暗的深处有一条通道，能够使足量的光线通过，照亮她在镜中扭曲的笑脸，使她重回工作状态并哼唱出音乐厅的那首老歌。与此同时，在一个美丽的夜晚，那些神秘的幻想者在海滩上散着步，拨弄一下水坑，看一看石头，对自己问道："我是什么人？""这是什么？"突然，他们被赐予了一个答案（他们说不出来答案是什么），于是他们在严寒中获得温暖，在沙漠中得到慰藉。而麦克奈布太太则仍然喝着她的酒，还闲聊着八卦。

6

一个没有一片树叶摇曳的春天，四处光秃秃、明晃晃，宛如处女般冷若冰霜地坚守她的贞操。她躺在田野上，天真又警惕，全然不理会看到她的人做些什么，想些什么。[那年五月，普鲁·拉姆齐倚着父亲的胳膊出嫁了。人们说，谁能找出更般配的一对呢？他们还说，她真漂亮！]

夏日临近，夜晚变长，大地苏醒，满怀都是希望，风在海滩上漫步，惊扰了水池的安宁，出现了最奇怪的幻想——血肉变成了逐风而去的粒子，星星在他们心中闪烁，悬崖、大海、云朵、天空都被特意地聚合，内心零落的幻象被拼凑成一个外部的形状。在那些镜子中，在人们的心里，在那些不平静的水池中，云朵不停流转，投下阴影，旧梦依旧，仍不能抵抗每一只海鸥、每一朵花、每一棵树、每一个男人和女人以及苍茫大地自身发出的暗示（但如果你提出疑问，它们便立即退缩）：友善必胜，欢乐遍地；万物有序；也无法抵抗那奇特的冲动——去遍地搜寻，寻找某种绝对的善、某种热烈情感的结晶，它远离已知的欢愉和熟悉的美德，与琐碎的家庭生活毫不相干，它唯一、坚硬，如同沙中的一颗钻石，能使拥有它的人安心。蜜蜂嗡鸣，蚊虫飞舞，春天变得柔和与顺从。她披上斗篷，将眼睛蒙上面纱，调转头，在流逝的光影和阵阵细雨中，似乎接受了人类关于忧伤的某种认知。

[那年夏天，普鲁·拉姆齐死于与分娩相关的某种疾病，人们说，这确实是一出悲剧。他们说，一切本该很顺利。]

在夏日的酷暑中，海风又派遣它的密探来到房中。飞虫在阳光明媚的房中织网，长在玻璃旁边的野草在夜色中有节奏地敲打着玻璃。夜色降临，在黑暗中庄严地把光束投射到地毯上，勾勒出自身图案的灯塔之光，现在它又亲切地回来了，此时它还混合着更加柔和的月光，轻柔地滑进屋来，好似关怀呵护，暗中流连徘徊，深情凝视。但就在这关怀呵护带来的宁静之中，当那道长长的光斜倚在床上时，那块岩石崩裂了，帷幕的另一角松动了，它悬垂在那里，摇摆着。经过短暂的夏夜和漫长的白昼，当那些空房随着田野的回声及飞虫的鸣叫发出低语时，那长长的下垂的帷幕一角微微摇曳，茫茫然；当阳光在房间里投下窗格的影子，并使房间充盈着黄色的烟霞时，麦克奈布太太闯了进来，蹒跚着到处走动，扫地，擦拭灰尘，看上去好像一条在照射着阳光的水中游动的热带鱼。

在夏天晚些时候，在睡眠正酣之时，仍会有不祥的声音传来，像用锤子有节奏地敲在毛毡上的闷响，而反复的震动更使得帷幕松动，茶杯也有了裂缝。此刻，碗橱里再次传来玻璃杯的叮当声，好像有个巨人在痛苦地尖叫，震得碗橱里的高脚酒杯也颤动起来。之后，又是一片寂静。夜复一夜，有时在正午时分，玫瑰花明艳绽放的时刻，阳光会在墙上留下清晰的影子，突然，好像有什么东西发出砰的一声，坠入了这份静寂、这份冷漠和这份完整之中。

[一枚炮弹爆炸。二三十个年轻人在法国被炸死，其中有安德鲁·拉姆齐，幸运的是，他当时立刻就死了，没有遭受很大的折磨。]

在那个季节，那些去海滩上漫步、向大海和苍穹借问它们能昭示些什么信息或能验证什么幻象的人们，不得不思索神圣的日常征候——海上的日落，灰白的黎明，月亮的升起，月下的渔船，孩子们玩泥巴、互相扔草打闹——从中找寻与此种欢乐、此种宁静不和谐的因素。比如，有一艘静默的、如幽灵般的灰白色船只来而复去；宁静的海面上出现了一片略带紫色的水面，好像在它下面那看不见的地方有东西在化脓出血。它们闯入了这一片特意设计出来用以激发最庄严的沉思、最令人满意的结论的景象，使人们停下了脚步。任谁都很难无动于衷地忽视它们，或罔顾它们在这片景色中的意义，或在海边漫步时继续惊讶于外在美如何反映了内在美。

在人类的进步中，大自然贡献了什么吗？人类开始的工作，是她去完成的吗？看到人类的苦难、卑贱和所受的折磨，她同时会感到得意扬扬。那个渴望分享一切、实现圆满、独自在海滩上找寻答案的梦想只不过是镜中的影子，而且那镜子本身也许只不过是更加崇高的力量在暗夜沉睡时，在寂静之中形成的一层薄薄的玻璃。焦躁，绝望，但是又不愿离去（因为美展现出她的魅力，提供了她的慰藉），海滩上漫步已不可能，沉思难熬，镜已破。

[卡迈克尔先生在那年春天出了一本诗集，取得了出乎意料的成功。那场战争，人们说，重新唤醒了他们对诗歌的兴趣。]

7

夏季与冬季，夜复一夜，暴风雨的肆虐和晴天时利剑一般的寂静，大摇大摆地轮番坐镇。在这所空宅的房间里，倾听吧

（如果有人在那里倾听的话），只能听到在一片巨大的混沌中，一道道闪电翻滚起伏，狂风与巨浪追逐嬉戏，就像大脑从未浸润过理性之光的海怪巨兽，它们的躯体变化不定，只知道爬到对方的身上，一层叠一层地堆积，在黑暗中或天光下（因为夜与日、月与年无形地混在一起）冲撞搏杀，做着愚蠢的游戏，直到仿佛整个宇宙都在兽性的混乱和恣意的贪求中漫无目标地厮杀、翻滚。

春天，随风而来的种子使花园的花缸里长满了植物，和往昔一般生机盎然。先是紫罗兰，再是黄水仙。但是白天的静谧与明亮和黑夜的混沌与骚动一般奇特，树木站在那里，花也站在那里，看看前方，望望上方，但是什么也没有看见，没有眼睛，多么可怕！

8

麦克奈布太太弯腰摘了一把花带回家去，她觉得这没什么事儿，因为这里的住家不会回来了，有人说他们再也不会回来了，也许在米迦勒节前后，房子就会被卖掉。她在打扫时把花放在了桌子上。她喜爱花，浪费了多可惜啊。哪怕房子卖掉了（她两手叉腰站在镜子前）也得有人照看——肯定的。这么多年，它一直在那里，连个人影都没有。书籍和东西都发霉了，因为战事，也因为很难找到帮手，房子一直没有如她所愿地好好打扫。现在靠一个人收拾利落是不可能的。她年纪太大了，她的两条腿总是很痛。所有书籍都需要铺在草地上晾晒；门厅里石膏剥落；书房窗外的排水管道堵死了，水渗了进来；地毯已经烂得不行了。但是住家应该自己来收拾一下，他们应该派个人来看看。因为柜子里还有衣服，他们在每间卧室都留下了衣服。她要怎么处理这些东西呢？衣服都长虫了——拉姆齐夫人的东西。可怜的太太，她永远不会再需要它们了。他们说她多年前已经死在伦敦了。那儿有一件她做园艺时穿的旧灰色斗篷（麦克奈布太太伸出手指，摸了摸它）。她仍然能够看到拉姆齐夫人：她拿着洗好的衣物从车道上走过来，看到拉姆齐夫人弯着身子在摆弄花朵（现在的花园是一副惨淡光景，杂草遍地，兔子会从花圃中朝你奔来）——她仍能够看到她身着那件斗篷与一个孩子在一起；靴子和鞋子也在那里；梳妆台上有一把刷子和梳子，仿佛她明天要回来似的。（他们说，她死得十分突然。）有一次他们都要回来了，但是又推迟了，因为战事，那个时候交通太不便了，这些年他们一直没有回来，只是寄钱给她，却从不写信，从不回来，但希望一切都如他们离开时一样。啊哈，乖乖！为什么啊，梳妆台的抽屉里都是东西

（她拉开了抽屉），手绢、一条条的丝带。是的，当她拿着洗好的衣物从车道上走过时，她仍能看到拉姆齐夫人。

"晚上好，麦克奈布太太。"拉姆齐夫人会这样说。

拉姆齐夫人对她热情和善。女佣们都喜欢她。可是，天哪，从那时起，许多事情都变了（她关上了抽屉），许多家庭失去了至亲。她死了，安德鲁先生牺牲了，普鲁小姐也死了，他们说是生第一个孩子时死的，不过，这些年所有人都在失去亲人。物价厚颜无耻地飞涨，并且从未回落。她仍能清楚地记得她身着灰色斗篷时的样子。

"晚上好，麦克奈布太太。"她说，然后告诉厨娘给她留一盘奶油汤——拉姆齐夫人觉得她拿着一篮沉沉的衣服从镇上走回来，一定十分需要吃些东西。她现在还能看见她，弯着身子在摆弄花，一位身着灰色斗篷的女士，俯身摆弄花朵，那身影模糊不清，若隐若现，好似一道黄色光束，或是望远镜末端的光圈。当麦克奈布太太缓慢跛行着打扫房间时，这个身影就在卧室的墙上、梳妆台上、脸盆架上徘徊不去。厨娘叫什么名字来着？玛德蕾特？玛丽安娜？——好像是那个名字。唉，她忘了——她确实不记事。那个厨娘脾气很火爆，红发的女子都是如此。她们常在一起开怀大笑。她在厨房总是很受欢迎。她能逗乐大家，确实如此。那时的日子比现在好太多。她叹了口气，对于一个女人来说，这工作量可太大了。她不住地摇晃着脑袋，一会儿这边，一会儿那边。这里原来是育儿室。怎么回事啊，这里如此潮湿，石膏都开始脱落了。为何他们要在那里挂个野兽的头骨？还长霉了。阁楼里都是老鼠。雨水渗了进来。但是他们从不派人来，他们也不来。有的锁没了，门砰砰响。她也不乐意在黄昏的时候孤零零地一个人待在这里。这活儿对一个女人来说，太多了，太多了。她嘎吱嘎吱地挪动着身子，叹息着。"砰"的一声，她关上了门，锁上房间，就离开了，留下了一幢门窗紧闭、房门紧锁的孤楼。

9

房子被抛弃在那里，无人居住。它就像被抛弃在沙丘上的一个贝壳，当生命离开了以后，不得不任由沙粒灌入其中。漫长的黑夜似乎已经降临，嘲弄的微风在一点点地咬啮着它，喘息声黏糊糊的，似乎已经取胜。铁锅长了锈，垫子腐烂了。癞蛤蟆探头探脑地爬了进来。那条悬挂着的披肩慵懒地、漫无目的地来回摇摆。一株蓟从贮藏间的砖缝中长了出来。燕子在客厅里搭巢；地板上遍布稻草；石膏大片大片地脱落；屋椽裸露了出来；老鼠把这些东西都叼到护壁脚后面去啃食。玳瑁色的蝴蝶破蛹而出，嘭嘭地朝玻璃上撞，直至力尽而亡。罂粟花在大丽花间生根发芽；高高的野草在草坪上摇摆；巨大的洋蓟高耸在玫瑰花丛间；带穗的石竹在卷心菜地里开了花；冬夜，野草敲击窗户的声音变成了大树的敲击声，夏天，绿树和带刺的蔷薇则把整个房间变得一片葱翠。

　　什么力量可以阻挠大自然的这种丰饶和麻木呢？是麦克奈布太太关于一位夫人、一个孩子，或是一盘奶油汤的那个梦吗？它像一束太阳光，在墙上摇曳后就消失了。她锁好门，她走了。这不是一个女人力所能及的，她说。他们从不派人来。他们从不写信。抽屉里的东西在腐烂——就这样把东西扔了不管，真是可耻，她说。那地方全完了。唯有灯塔的光束会偶尔照进房间，在冬日的黑暗中突然投射到床和墙面上，不动声色地看着那根蓟和那只燕，老鼠和稻草，没什么人来妨碍它们，没什么对它们说不。让风去吹吧，让罂粟花肆意生长，让石竹和卷心菜自由地杂交吧，让燕子在客厅筑巢，让蓟从砖缝里长出来，让蝴蝶在扶手椅褪色的印花布套上晒太阳吧，让破玻璃和瓷器躺在草坪上，以杂草和野浆果为伴吧。

　　因为那个时刻，那个迟疑的时刻已经到来：破晓颤抖，夜晚停滞，如果一根羽毛落到天平的一端就会使天平倾斜。只需一根羽毛，这幢正在下沉、坍塌的房子就会歪斜陷落，落入黑暗的深渊。在毁坏的房间里，郊游的人会点燃锅灶；情人们会到这里来找寻栖身之所，躺在光秃的木板上；牧羊人把晚餐存放在砖堆上；流浪汉裹着大衣，在这里休息。然后，屋顶可能会坠落，蔷薇和毒芹封住了小径、台阶和窗户，它们会杂乱无章地在土堆上茁壮成长，直到某个闯入者迷失了方向，只能通过荨麻丛中的火红色的铁栅栏或者毒芹丛中的一块碎瓷片来判断这里曾有人居住，这里曾有过一幢房子。

如果那根羽毛飘落，如果它使天平倾斜，这所房子就会坠入深渊，躺在遗忘的沙丘之上。但是有一种力量在起作用，它的意识不强，斜睨着、蹒跚着；它工作时不需要庄严的仪典或神圣的颂歌。麦克奈布太太抱怨；贝茨太太一动，关节就嘎吱作响。她们老了，浑身僵硬，她们的腿疼得不行。她们终于带着扫把和提桶来了，她们开始干活了。突然，一位年轻小姐写信给麦克奈布太太，问她可否能把房子打扫好，她能不能干这个，能不能干那个，而且都是急活儿。他们可能要来避暑，他们把什么事都拖到最后才办，还希望什么都和他们离开的时候一样。麦克奈布太太和贝茨太太迟缓又吃力地用扫把和提桶又拖又洗，阻止房子衰朽的脚步，从时间的潭水中挽救即将被淹没的东西，一会儿是脸盆，一会儿又是一个碗柜。一天清晨，她们从被人遗忘的角落里拾起了全套的威佛利小说和一整套茶具，下午又让一个铜壁炉围栏和一副钢质火钩重见了天日。贝茨太太的儿子乔治负责抓老鼠，修剪草坪。她们找了建筑工人，修好了嘎嘎作响的铰链，叽叽呀呀的插销，受潮膨胀、撞得砰砰响的关不上门的木制家具。这两个女人，一会儿弯腰，一会儿站起，呻吟着、唱着，啪地丢下一件什么东西，"砰"的一声关上门，这会儿还在楼上，一会儿又去了地窖，似乎这所房子正经历着一场迟缓的、艰难的重生。她们说，啊，这活儿真可以啊！

她们有时在卧室或书房里喝茶，中午她们休息一会儿，脸上还沾着污垢，年老的手因为总攥着扫把的缘故都抽筋了。她们瘫坐在椅子上，一会儿想到她们了不起地征服了水龙头和浴缸，一会儿又想起对于那成排书籍的更为艰巨的局部胜利，那些书原本是乌黑色的，现在长了白斑，生出了灰白的蘑菇，隐匿着鬼祟的蜘蛛。麦克奈布太太喝了茶，心生温暖，那回忆往事的望远镜又自动地放回了她眼前，她在光圈中看到了那个瘦得像个老鼠的老绅士，当她拿着洗好的衣服走近时，见他在草坪上摇晃着脑袋，大概是在自言自语。他不曾注意到她。有人说他已经死了，又有人说是她死了。到底是谁死了？贝茨太太也不确定。那个少爷死了。这一点她是肯定的。她在报纸上看到过他的名字。

现在轮到那个厨娘了，玛德蕾特，玛丽安娜，类似那样的名字吧——一个红头发的女人，和所有红发的人一样，脾气暴躁，可是如果你知道了她的套路，她会非常友善。她们多次在一起纵情欢笑。她会为麦琪留一盘汤，有时候还会留块火腿，或者任何剩下来什么东西。他们那时过得真好。他们想要什么就有什么（她喝了热茶，坐在育儿室壁炉围栏旁的柳条扶手椅里；她不假思索地、愉悦地解开了回忆的线团）。那时总有许多事情要忙活，房子里常住着客人，有时候有二十个，她要洗洗涮涮的忙到半夜。

贝茨太太（她不认识他们，她那时住在格拉斯哥）放下茶杯，琢磨着，他们为什么要把那个野兽的头骨挂在那里，一定是在国外某处狩猎时弄回来的。

很有可能，麦克奈布太太说，依然忘我地沉浸在回忆里。他们在东方的一些国家里有朋友；先生们待在那里，女士们身着晚礼服；她曾经透过餐厅的门看见他们都坐在那儿吃晚饭。她敢说有不下二十个人都戴着珠宝首饰，她被要求留下帮忙洗餐具，大概一直干到了半夜。

唉，贝茨太太说，他们会发现这里都变了。她探身到窗外，看着儿子乔治用长柄大镰刀在割草。他们很可能会问，这草坪怎么成这样了？琢磨着老肯尼迪本该负责的，但是自从他从马车上摔下来后，腿脚就不利索了，后来可能有一年，或至少大半年的时间根本没人负责，然后大卫·麦克唐奈就来了，花种可能采购过了，但是谁知道种了没有呢？他们会发现，这里已经都变了。

她看着儿子割草。他干活相当可以——是闷声干活的那类人。好吧，她觉得她们该去收拾一下碗柜了。她们吃力地站了起来。

她们经历了好几天的屋内打扫，屋外割草挖地后，最后用掸子在窗户上拂过，把窗子都关上了，把门都锁了，前面的大门也砰的一声关上了。活儿终于都干完了。

此刻，那被清洁、擦拭、用长柄大镰刀和割草机的声音所掩盖的若隐若现的旋律好像又显现了，那断断续续的乐声虽然进入了人们的耳朵，但却丝毫没有引起人们的注意：犬吠声、羊的咩咩声，没有规律，断断续续，然而却不知怎的相互关联；昆虫的鸣叫、断草的震颤，彼此割裂却又共存；金龟子发出的刺耳声音，一只轮子的嘎吱声，高低起伏，却有着神秘的相似；耳朵努力地将这些声音汇聚在一起，并且差不多达到了和谐的程度，却从未听得真切，也从未达到真正的和谐。最终，在黄昏时刻，这些声音一个接一个地消失了，和声渐弱，寂静降临。太阳下山了，棱角分明的轮廓消失了，宁静如雾霭般升腾、四散弥漫，风住了；世界松弛了，安静下来，准备入睡，这里一片漆黑，一盏灯都没有，只有树叶间透出绿色的幽光，或者窗边花圃里的白花泛起的灰白。

　　[莉莉·布里斯科在九月的一个深夜差人将她的行李搬到这幢屋子前。卡迈克尔先生坐同一列火车到来。]

10

　　和平确实来了。和平的消息从海洋吹到了岸上。再也没有什么能惊醒它的睡梦，它只是平静深沉地安眠，无论人们做着怎样神圣的、明智的梦境，都只会证实这一点——那喃喃声中还有些什么别的意思呢？——莉莉·布里斯科在那间干净的、寂静的房间里，枕着枕头，听见了海浪声。从敞开的窗户传来了美丽世界的低语，这声音太轻柔了，以至于听不真切——但是，只要它的意思简单明了，那么，听不清也没有关系——它在乞求梦中人（房子里又住满了人，贝克威斯夫人住下了，还有卡迈克尔先生），即便不能去海滩，至少也要掀起窗帘朝外看看。那时他们会看到黑夜身着紫袍飘然而下，头戴王冠，权杖镶满宝石，他的眼中会出现孩童般的神情。如果他们仍在踟躇（莉莉旅途劳顿，几乎立刻就睡了，可是卡迈克尔先生仍在烛光下看书），如果他们仍旧拒绝，说夜的恢宏虚无缥缈，露珠都比它有力量，他们宁可去睡觉。如果是这样，那个声音不会埋怨，也不会争论，只轻柔地唱着自己的歌。海浪轻拍着岸边（莉莉在熟睡中听到了声音）；夜光轻柔地落下（似乎穿过了她的眼睑）。卡迈克尔先生合上书，心里想，一切看来都和多年前一样，他睡着了。

　　黑夜的帷幕将这所房子包裹，也裹住了贝克威斯夫人、卡迈克尔先生、莉莉·布里斯科，他们的眼睛上覆着层层黑暗，躺在那里的时候，那声音似乎仍在继续发问，为什么不接受这一切，满足于这一切，默认并顺从现状呢？大海有节奏地拍击小岛的声音抚慰着他们，黑夜包裹着他们，没有任何东西惊扰他们的安眠，直到鸟儿苏醒，黎明将细碎的声音编织进那片鱼肚白。一辆马车发出嘎吱声，某处的一只狗在叫，太阳掀起了帷幕，扯去他们眼睛上的纱罩，于是睡梦中的莉莉·布里斯科有了动静。她抓住毯子，像是坠崖之人抓着悬崖边的草皮。她瞪圆双眼。她直挺挺地从床上坐起，心里想，她又回来了。她完全醒了。

第三部　灯塔

1

　　这是什么意思？这一切能意味着什么？莉莉·布里斯科思索着。她不知道该到厨房去再取一杯咖啡还是待在这儿，因为这里只有她独自一人。这是什么意思？这是从某本书上看到的一句流行的话，大体上比较符合她现在的思想，因为这是和拉姆齐一家重逢的第一个早晨。她不能抑制自己的感情，只能让这句话在脑中回响，以掩盖她的空虚，直到这种感觉烟消云散。说真的，她的感觉究竟如何呢？时过境迁，故地重游，而拉姆齐夫人已经去世了。没有什么，没有什么——她根本没什么可说的。

　　昨晚她很晚才到，等候她的是神秘的黑夜。现在她醒来了，坐在了早餐桌旁的老位置上，独自一人。时间还早，现在还不到八点。这是一场远征——他们计划到灯塔去：拉姆齐先生、凯姆和詹姆斯。其实他们早就该出发了——他们得赶在涨潮的时候起航。可是凯姆还没有准备好，詹姆斯也没有准备好，南希则忘记了去买三明治。拉姆齐先生发火了，摔门而去。

"现在去还有什么用？"他大吼道。

南希已经不见了。而拉姆齐先生正在平台上怒气冲冲地走来走去。整栋房子里都充斥着砰砰的撞门声和呼喊声。南希突然冲了进来，环视了一下，神情恍惚而气急败坏地问道："该给灯塔里的守护人带点什么呢？"好像她在迫使自己去做一件早就认为没有希望做到的事情。

真的，该给灯塔里守护的人带点什么呢？在别的时候，莉莉一定会提出切实可行的建议：茶叶、烟草和报纸。但是今天早晨，似乎一切都特别的奇怪，南希的这句问话——该给灯塔里的守护人带点什么呢？——打开了她脑海里的一扇扇的门，它们来回摇摆晃动，使她不知所措，只一直目瞪口呆地发问：带点什么呢？该怎么做？我究竟为什么坐在这里？

她独自坐着，面对长餐桌上干净的杯子（因为南希又出去了），觉得和别人已断了联系，只能继续观望、询问、困惑。这幢房子、这个地方、这个早晨，一切似乎对她来说都是陌生的。

她发觉自己对这里无所依恋，与这里毫无瓜葛，任何事情都可能发生，而无论发生什么事——这时外面有脚步声，有声音在喊（"它不在碗橱里，在平台上"，有人喊道）——这都是一个疑问句，似乎往日把各类事物联系在一起的纽带已被割裂，它们飘来飘去，上下纷飞。她看着空咖啡杯，心里想，这一切多么漫无目的，多么混乱、虚幻。拉姆齐夫人去世了；安德鲁被害了；普鲁也死了——而她也可能会重复他们的命运，因此这些并没有在她心中引起什么波澜。我们是在这样的一个早晨重逢在这样的一幢房子里，她一边向窗外望去，一边说道。——这是个美丽的、平静的早晨。

突然，拉姆齐先生在经过时抬起头来，用他那狂热又锋利的目光盯着她，好像只要他对你看上一秒钟，只一次凝视，就会让人永远刻骨铭心。她举起空杯，假装在喝咖啡来躲避他的目光——来回避他对她的要求，把这个迫切的要求再推迟片刻。他对她摇摇头，继续前行（"孤独"，她听见他在说；"死亡"，她又听见他说），在这个奇特的早晨，这些言语像其他东西一样变成了象征符号，涂满了那灰绿色的墙壁。她觉得，只要她能把它们凑到一块儿，再用一些语句把它们写出来，那她就能掌握生活的真谛。上了年纪的卡迈克尔先生轻轻地走了过来，倒了一杯咖啡，端着杯子坐在了太阳底下。这情景如梦般虚幻，让人既害怕又激动。到灯塔去，可是给灯塔里的守护人带点什么呢？死亡，孤独，对面墙上灰绿色的光，那些空着的座位。如何将这些零散的成分组在一起呢？她问道，好像任何干扰都会打碎她在桌上建起的脆弱的形体，于是她转身背对着窗户，唯恐拉姆齐先生看到她。她要想办法离开，独自躲到什么地方去。突然，她想起来了，在她十年前坐在这里的时候，桌布上有一个小小树枝或树叶的图案，她曾在注视它的时候受到了启发。那时关于一幅画的前景布局出现了点问题，她曾说过要把树往中间挪一挪。她一直没有画完那幅画。这些年来这个想法一直在她的脑海盘旋。她想：绘画的颜料放在哪里了？对，她的颜料。昨晚她把它们落在大厅了。她要马上开工了，在拉姆齐先生转过身来之前腾地站了起来。

她给自己拽了把椅子，用十分干练的女性的动作在草坪边缘支起了画架，她距离卡迈克尔先生不能太近，但仍在他的保护范围之内。是的，十年前她就是站在这个地方，看那堵墙，那片树篱，那棵树。问题在于这些东西之间的某种关系。这些年来，她一直惦记着这件事。似乎问题的答案近在眼前：她知道她想要做什么了。

但是拉姆齐先生不断向她逼近，她什么事也做不了。每一次，当他靠近时——他在平台上走来走去——灾难和混乱就会逼近。她没法作画。她弯下腰；她转过身来；她拿起抹布；她挤了一下那管颜料。她所做的一切就是一时地挡开他。他使她什么事也做不了。因为如果给他一丁点的机会，只要他看见她有片刻的空闲，只要她往他的方向看上一眼，他就会靠过来对她说，就像他昨晚说过的："你看，我们有很大的变化吧？"昨晚，他站起身来，站在她的面前，说了这句话。他那六个孩子沉默地瞪着眼睛坐在那里——他们以前用英国国王和女王的名字来称呼他们——红发的某某，美丽的某某，恶毒的某某，冷酷的某某——但她知道孩子们心里非常生气。这时，好心的老贝克威斯太太说了一些通情达理的话。但是这幢房子里充满了互不相干的强烈感情——她整晚都有这种感觉。当这种混乱的情绪达到顶点时，拉姆齐先生站起来紧握她的手，说道："你会看到的，我们有很大的变化。"而孩子们谁都没有动，或者说一句话，他们都坐在那里，就好像被强迫着听他这么说。只有詹姆斯（当然是阴沉的詹姆斯）皱着眉头，看着灯；凯姆则把手帕缠绕在了手指上。然后拉姆齐先生提醒他们，明天他们将到灯塔去。必须在七点半前准备妥当，在大厅集合。这时，他的手放在门上，停下了脚步，转过身来面对着他们。难道他们不想去吗？他很想知道。如果他们敢说不（他有某种理由需要这种答案），他就会悲惨地向后一倒，仿佛坠入绝望的泪海。他有这种装腔作势的天分。他看上去就像一个被流放的国王。固执的詹姆斯表示同意。凯姆则磕磕巴巴地回答着。对，喔，是的，他们会准备好的。这使得莉莉受到了打击，这一切实在凄惨，不是灵柩、尸骸和尸布，而是受到胁迫的孩子们，他们的精神受到了压抑。詹姆斯十六岁，凯姆可能十七岁。莉莉环顾四周，寻找一个不在场的人——大概是拉姆齐夫人，却只看到有好心的贝克威斯夫人在灯下翻看她的素描。在这时，她觉得累了，思绪随着大海的波涛起起伏伏，阔别多年，这些地方的气息依然缠绕了她，烛光在她眼前摇曳，她忘却了自己，沉醉其中。这是一个美好的夜晚，星光灿烂；他们上楼之时，涛声阵阵；当他们经过楼梯间的窗子时，巨大的、惨白的月亮让他们暗暗称奇。她很快就睡着了。

　　她把一块干净的油画布固定在了画架上，作为一道屏障，尽管它很脆弱，但是她希望这画布能有效地阻挡拉姆齐先生和他那强烈需求的干扰。每当他转过身来，她便尽可能地看着她的画布：那儿加一条线，这儿放一堆油彩。但是这毫无用处。即使让他待在五十英尺以外，即使他没有和你说话，甚至没看见你，但他的影响无孔不入，无所不在，将你紧紧地纠缠。她看不到那些色彩，看不到这些线条，即使他背对着她时，她也会想：他马上就会过来提出要求了——他要求的是某种她自觉无法给予的东西。她丢下一支画笔，选了另外一支。孩子们要什么时候才来？他们什么时候才会出发？她感到很烦躁、坐立不安。她感到怒火中烧，她很确定，那个男人从不给予，只是索取。然而，她只能被迫给予他。拉姆齐夫人就曾给予他。给予，给予，还是给予，现在她已经死了——同时留下了这一切后果。真的，她对拉姆齐夫人很不满。她手里的画笔微微颤抖，她凝视着树篱、台阶和墙壁。这都是拉姆齐夫人造成的。她已经死了。莉莉却在这里，四十四岁了，仍在浪费她的时间，什么事情都干不了，只站在这里，拿一件不应该被用作消遣的事情——绘画当作消遣，这一切都是拉姆齐夫人的错。她死了。她过去经常坐的台阶空着。她死了。

但是，为什么要一次又一次地重复这些？为什么总要试图激起她不具备的某种感情？这里有一种亵渎的成分。她的内心已然干涸，枯萎，耗尽。他们本来就不应该请她，她也不该来。她想，四十四岁的人，不能再浪费时间了。她讨厌拿绘画作为一种消遣。这支画笔，在这个充满争斗、毁灭和混乱的世界上，是唯一一件她可以信赖的东西——它不应该被当作消遣，即使明知故犯也不行，她极其厌恶这样。但他却迫使她这样做了。他在向她逼近时，仿佛在说：你休想碰你的画布，直到你把我所要求的东西给我。现在，他又贪婪而狂热地逼近了。好吧，莉莉垂下她的右手，绝望地想着，还是让这件事情了结吧，比较简单。她可以根据回忆来模仿她在很多妇女脸上（比如在拉姆齐夫人的脸上）看到过的那种热情、狂想、自我屈从的表情，当她们遇到类似的情景就会燃起热情——她还能记得拉姆齐夫人脸上的表情——陷入到了一种狂热的同情，以及得到回报的欣喜。她虽然不知道其中的缘由，但也可以看出这使得她们到达了人性所能允许的无上喜乐。他过来了，在她身边停了下来。她将尽她所能给予他需要的。

2

她似乎显得消瘦了一些，他想。她看上去瘦削、纤细，但并非没有吸引力。他喜欢她。曾经有传言说，她要与威廉姆·班克斯结婚，但并未实现。他的妻子很喜欢她。早餐时他发了点脾气。后来，后来——他又感到有一种巨大的欲望（他不明白什么是欲望）驱使着他去接近随便一个女性。他的需要如此迫切，以至于不在乎用什么方法，都要强迫她们给予他所需要的东西：同情。

"有人照顾她吗？"他问道，"她所需要的东西都有了吗？"

"哦，谢谢，一切都有了。"莉莉·布里斯科不安地说道。

不行，她做不到。她本应该随波逐流，对拉姆齐先生表示同情：
她感受到了巨大的压力。但她仍然在那里一动不动。一阵难堪
的沉默。两个人都看着大海。拉姆齐先生想，为什么，我在这
里她还要看着大海？她希望风平浪静，他们好登上灯塔。灯塔！
灯塔！这有什么相干？他不耐烦地想着。突然，出于某种原始
的冲动（因为他确实无法按捺自己了），他发出了一声叹息，世
界上任何一个女人听到了都会做点什么，或者说点什么——我
就不会，莉莉想，她悻悻地自嘲道，我可不是个普通的女人，
我大概只是一个脾气暴躁、古怪的老姑娘。

　　拉姆齐先生长叹了一声。他等待着。难道她不打算说点儿
什么吗？难道她不明白他想从她那儿得到什么吗？于是他说，
他想去灯塔是有着特殊原因的。他的妻子过去经常给他们送东
西。那儿有个患髋关节结核病的可怜孩子，是灯塔看守人的儿
子。他深深地叹了口气。他的叹息意味深长。莉莉希望这股巨
大的、悲伤的洪流，这种无法满足的对同情的贪欲，这种要让
她完全屈服于他的要求——尽管他的忧伤多得足以让她永远地
给予同情——赶快放过她，赶快转移方向，趁着这股洪流还没
有把她卷走（她不断向那房子张望，希望出现什么来打破这个
局面）。

　　"这种远行，"拉姆齐先生一边用脚尖刮着地面，一边说

道，"是很痛苦的。"莉莉仍然一声不吭。（他想，她可真是木脑袋、铁石心肠。）"这可是很累人的。"他说道，用他那恶心的、令人作呕的表情（她发觉他在演戏，这个伟大的人物可真会演）注视着自己美丽的双手。这真可怕，太下流了。他们怎么还不出来，她问道，因为她再也无法承受这悲哀的重负，再也无法承担这忧伤的沉重幕布了（他摆出一副极其衰老的姿态，站在那里甚至有点微微发颤）。

她还是什么都说不出来。目光所扫到的地方，似乎找不到任何可以谈论的东西。她只感到惊愕，当拉姆齐先生站在这儿的时候，他的目光悲哀地落在阳光照射的青草上，使草也黯然失色，使躺在折叠躺椅上看法国小说的那个面色红润、昏昏欲睡、心满意足的卡迈克尔先生的身影也蒙上了一层黑纱，仿佛在这样一个悲哀的世界里，那一个夸耀自己成功的人，他的存在足以唤起人们最凄凉忧郁的思想。瞧瞧我吧，他似乎在说，看看我。真的，他给人的感觉一直都是，想想我吧，想想我吧。啊，真希望这沉重的气氛能从他们身旁飘散开去，莉莉心里希望；她把画架放得更靠近卡迈克尔先生一点儿该多好；一个男人，任何男人，都会制止这种感情的倾泻，停止这样的悲叹。作为一个女人，她引发了这可怕的情感波澜；一个女人，她本该知道如何应付这个局面。像这样一句话不说地站在这里，真是件不光彩的事。她应该说——说什么呢？哦，拉姆齐先生！亲爱的拉姆齐先生！那位会画素描的、好心的老太太贝克威斯夫人马上就会及时地说出点儿什么来。但是，不，她不行。他们站在那里，与整个世界隔绝。他那强烈的自艾自怜，他对同情的渴求倾注扩散到她脚边，形成了一个个水洼，而她这个可怜的罪人，只是将自己的长裙提到脚踝上，以免被这片渴求之水沾湿。她的手紧握画笔，默然伫立。

谢天谢地！她终于听到房子里传出了声音。詹姆斯和凯姆想必要出来了。但拉姆齐先生似乎知道他的时间不多了，他集中起他的悲哀、他的年迈、他的虚弱、他的凄凉，把这团巨大压力都施加在她那单薄的身体上。突然，他又不耐烦地把头往后一仰——知道有什么女人能抗拒他的要求？——他注意到自己的鞋带松开了。真是双不错的皮鞋，莉莉心想，低头看着这双皮鞋：镂刻着花纹，精美绝伦；和拉姆齐先生身上穿戴的每件东西一样。从松散的领带到半扣着的背心，毫无疑问，都带有他个人的特征。她仿佛能看见那双皮鞋自动朝着他的房间走去，即使没有拉姆齐先生，它们也会表现出他的悲怆、乖戾、暴躁和魅力。

"多么漂亮的皮鞋！"她惊叹道。她为自己感到羞愧。当他要求她安抚他的心灵时，她却去赞扬他的皮鞋；当他展示给她流血的手、备受折磨的心，请求得到她的同情与怜悯时，她却愉快地说："啊，你的皮鞋好漂亮啊！"她知道他肯定会大发脾气，把她痛骂一番，于是，她抬起头望着他，等待他发作。

但是，拉姆齐先生笑了。他阴郁、灰暗的脸色和颓丧的情绪从他身上消散了。啊，是的，他抬起脚来让她看他的皮鞋，这可是一流的皮鞋。在英国只有一个人会做这样的鞋子。皮鞋可是人类的一大祸害，他说。"制鞋匠的工作，"他嚷道，"就是弄跛和折磨人们的双脚。"他们还是最顽固、最倔强的人。他青年时期的大部分时间都花在找人做出地道且合脚的皮鞋上了。他要让她看看（他抬起右脚，然后是左脚），她还没见过这种形状、样式的皮鞋呢。这是用世界上最好的皮子做的。大多数的皮料不过是像牛皮纸或硬纸板一样的东西。他得意地看着自己高高跷起的脚。这时，她觉得他们来到了一个阳光明媚的小岛，这里是和平的地方，由健全的心智所统治，阳光永远照耀，这是座得到上帝恩赐的优质皮鞋之岛。她的心灵被他温暖了。"现在，让我看看你擅不擅长系鞋带。"他说。他对她那个不结实的系法不以为然，于是用他自创的方法系给她看。一旦把结系上，就永远不会散开。他为她系好三次鞋带，又把它解开三次。

为什么在他弯腰给她系鞋带的这个完全不相宜的时刻，她却因自己对他的同情心而倍感折磨呢？她也弯下腰去，血液涌上了她的脸，想起自己的麻木不仁（她刚才还称他为演员），她觉得眼睛发胀，泪水刺痛了双眼。如此全神贯注地系鞋带，她突然觉得他化为一个无限悲怆的形象。他自己系鞋带。他自己买皮鞋。在拉姆齐先生的人生旅途上，无人能帮助他。但就在她想说点儿什么，可能说出点儿什么的时候，他们来了——凯姆和詹姆斯。他们出现在了阳台上。他们慢吞吞地并肩走了过来，神态严肃，满脸忧郁。

但他们为什么要带着这副神色走过来呢？她不禁觉得他们有点讨厌。他们本来可以高高兴兴地走过来；他们本来可以把她没有机会给予他的东西给他（他们现在就要出发了）。这时，她突然感到一阵空虚，一阵受到挫折的失望。她的感情来得太晚了，她的同情心已经出现了，但是他已不再需要了。他已经变成了一个非常尊贵的长者，根本不需要她了。她觉得自己受到了冷落。他把背包往肩上一背，把小包裹——那是好几个用棕色的纸张马马虎虎包起来的——分给大家。他叫凯姆去拿一件斗篷。他看上去像个准备远征的队长。然后，他转过身去，穿着那双优质的皮鞋，踏着坚定的军人般的步伐，带着棕色的纸包，带头沿着小路走去，孩子们则跟在他后面。她觉得那两个孩子看上去好像被命运赋予了某种庄重的使命，他们顺从地去了，他们还很年轻，还能默默地跟在父亲的身后，但他们黯然无光的神色，却让她觉得他们在默然忍受着某种超越他们年龄的痛苦。他们就这样走出了草坪边缘，莉莉觉得自己在看着一支队伍前进，尽管步履不齐，士气不佳，但靠着某种强大的共同感情的驱使，他们组成了一个小小的队伍，给她留下了奇特而强烈的印象。当他们走过时，拉姆齐先生礼貌却冷淡地挥手向她致意。

那是怎样的一张脸啊，她想，立刻发现现在没有人向她索取同情了，她也依然感到困扰，自己的同情心好像想得到表达的机会。是什么使自己这张脸变成这个样子？她猜想，是夜以继日的思考——思考那张厨桌的真实性吧，她记起来了，当她搞不清楚拉姆齐先生究竟想些什么的时候，安德鲁给了她那个象征性的回答。（他被炮弹的弹片击中，当场死亡，她想。）那张厨桌显得虚无缥缈，刻板生硬，光秃秃、硬邦邦的，毫无光彩，棱角分明，有种毫不妥协的朴素品质。但是，拉姆齐先生总是盯着它，决不允许自己的注意力被分散或受到欺骗，直到他的容颜变得憔悴，也具有了那种朴实无华的美，这深深打动了她。这时，她又想起（她仍站在他离开自己时的位置，手里拿着画笔），那张脸也曾布满疑虑——它们并不如此高尚。她猜想，他一定对那张桌子也有过怀疑，怀疑那桌子是否是真实的，他花在那张桌子上的时间是否值得，他究竟能否得到什么结果。

她觉得他一定心存疑虑，不然他不会征询人们的意见。她怀疑他们夫妇有时会谈论这些直至深夜，于是第二天拉姆齐夫人就显得很疲惫，而莉莉为了微不足道的小事就对他发火。但是现在没有人和他再讨论那张桌子了，或是他的皮鞋、鞋带了。于是他就像头狮子，努力寻找猎物，他脸上的那种绝望的、夸张的表情使她惊恐，她不禁拉起裙子，裹住自己。接着，她回想起来，他突然变得振奋（当她夸他的皮鞋时），恢复了活力和对于普通事物的兴趣，但这一切也都是一闪而过的，他的心情一下就变了（因为他的情绪瞬息万变，他也从不掩饰），进入了她没有见过的一种新的状态，她承认，这使她对于自己的烦躁和易怒感到羞愧，因为他似乎摆脱了各种忧虑和奢望，不再希望得到同情和赞美，进入了另一种境界——他仿佛被好奇心所吸引，和自己或别人进行着无声的交谈，在她的视野所不及之处，拉姆齐先生走在了那小小队伍的前面。多么不平凡的一张脸啊！花园的门砰的一声关上了。

3

他们终于走了，她想，宽慰又失望地叹了口气。她的同情似乎像只刺莓，又弹了回到了自己的脸上。她有种奇怪的、被分裂的感觉，好像她自我的一部分被吸引了出去——这是一个风平浪静的日子，雾蒙蒙的，这座灯塔今天早晨看上去非常遥远，而她的另一部自我则顽强地、牢牢地固定在这片草坪上。她仿佛看到画布漂浮了起来，一片白色坚定地逼近了她。它似乎在用冷冷的目光指责她那种匆忙和激动，谴责她的愚蠢以及徒劳的情感。当她那纷繁杂乱的感觉（他走了，她同情他，却什么话也没有说）散去时，那幅画使她恢复了安宁。起初，一片宁静在她心中扩散，随后，又是一阵空虚袭来。她茫然地望着那块画布——那目不转睛地、苍白地盯着她的那块画布。她的目光转到花园。她记得有什么东西（她站在那里，眯起皱巴巴的小脸上那双小眼睛），记得和那些横七竖八的线条有关的，在那一片片蓝色、棕色、绿色交融的树篱中有某样东西一直留在她的心中，并在那儿系了一个结，于是在一些零星的时刻，比如在沿着布朗普顿路散步时，在梳理头发时，她就会不由自主地在想象中作着那幅画，她的目光掠过画面，正试图解开那个想象中的结。但是，脱离画布凭空想象和真正拿起笔来画上第一道色彩，这两者之间几近天壤之别。

因为拉姆齐先生在场，她心烦意乱地拿错了一支画笔，紧张之中把画架插进了地里，还摆错了角度。现在，她摆正了画架，在这过程中，她抑制住了那种分散她的注意力并且使她记起了自己是如此这般的人，想起她和别人有着这样那样关系的不恰当的、不相干的念头。她抬手举起了画笔。在痛苦而激动的沉醉状态中，画笔颤抖着在空中停留了片刻。从哪里开始呢？——这是问题之所在；在哪里落下第一笔呢？在画布上画下一根线条就意味着她要承担无数的风险，要做出无法挽回的决定。所有在头脑里觉得简单的事到了实践中立刻就会变得复杂起来，就如同从悬崖顶上俯瞰，波浪形态平衡对称，但对于在波浪中游泳的人来说，波浪和波浪之间却被深深的漩涡和泛沫的浪峰所分隔。尽管如此，风险还是非冒不可的。第一笔终于画了下来。

她好像既被驱动向前，又必须稳住自己，她就这样带着一种奇特的肉体上的悸动迅速地画下了决定性的第一笔。这画笔落了下来，在白色的画布上撒上了一道棕色，留下了一道流动的痕迹。她又画上了第二笔——第三笔。就这样停留片刻，再添上一笔，她的动作仿佛有着舞蹈般的节奏，停顿似是节奏的一部分，那些落下的笔触是节奏的另一部分，而这一切都是相互关联的。她就这样轻轻地、迅速地停停画画，在画布上留下了一条条棕色的、连续的、强有力的线条，它们刚一落到画布上就围起了一片空间（她感觉它隐隐约约地出现在她面前）。在一个波谷中，她看到下一个波浪汹涌而至，越来越高。有什么比那个空间更令人生畏的呢？她又来到这里了，她想，退后一步审视画布；又是这里，她被拉出人们闲谈、生活和社交的圈子，推到了她这个强大的宿敌面前——这是一个与一切格格不入的东西，这个真理，这个现实，突然抓住了她，在各种表象的背后赤裸裸地出现了，并支配了她的注意力。她并不愿意，很勉强。为什么总是被硬拽出来？为什么不能平静地留下来，和卡迈克尔先生在草坪上聊聊天呢？无论如何，这还是一种严格意义上的交流方式。其他可崇拜的对象都满足于受人崇拜；男人、女人、上帝，都让人顶礼膜拜；但这种交流，它只是一个白色的灯罩投射在一张柳条桌上的影子，却会激起一个人投身于永恒的论战，挑起一场注定要失败的战斗。每次都是这样（她不知道是出于她的天性还是她的性别），在她把充满流动性的生活转化为绘画之前，她在片刻间总会自觉处于裸露的、毫无防备的状态，好像是一个尚未诞生的灵魂，一个被剥夺了躯体的灵魂，在多风的高塔上踟蹰，毫无保护地暴露在各种猜忌之风中。为什么她还要这样做呢？她看看那张画布，它被轻轻地画上了流动的线条。它将被挂在仆人们的卧室里。它可能会被卷起来塞到沙发下面去。那么，这幅画还有什么用处呢？这时，她听到一个声音说，说她不会画画，说她不能创作，她仿佛被卷入了一股习惯的涡流中。经历了一定时间后，她的脑海里形成了某种经验，于是她喃喃地重复着一些话，却再也不知道它们最初是由谁说的。

不能作画，不能写作，她单调地喃喃自语，同时焦急地考虑着自己该采取怎样的行动方案。那大片的情景赫然出现在她面前，凸现出来，她感到它在疾速地靠近。这时，某种为发挥她的才能所必需的汁液喷射而出，她开始迟疑地用画笔去蘸蓝色和红棕色的颜料，在这儿和那儿挪动她的画笔。但是这支笔现在变得沉重，移动的速度更加迟缓，仿佛与她所看到的一切（她不停地去看那片树篱，又看看画布）同一节奏，因此，当她的手微微颤抖时，这种节奏足以支持她随着它的流动继续前行。毫无疑问，她正在失去对身外事物的知觉。而当她对她的名字、她的人格、她的外在，以及对于卡迈克尔先生是否存在都失去了感知的时候，她的脑海深处不断涌现出各种景象、名字、言论和记忆片段，它们就像一股喷泉，喷洒在那片耀眼的、面目狰狞的白色空间，而她则用绿色和蓝色在上面塑造形象。

她想起来了，查尔斯·塔斯莱过去常说，"女人不会画画，不会写作"。当她在这个地方作画时，他就会从后面走过来，紧挨着站在她旁边，这是她非常讨厌的事。"粗制烟丝，"他说，"五便士一盎司。"他展示着他的贫穷和原则。（但是战争已经去除了她女性的螫刺。可怜的家伙们，她想，可怜的男男女女。）他总是在腋下夹着一本书——一本紫色的书。他在"工作"。她记得，他坐在那里，在一片阳光照耀下工作。晚餐时，他会坐在她视野的正中央。毕竟有过海滩上的那一幕，她想。

那是一个刮风的早晨。他们都来到了沙滩上。拉姆齐夫人坐在一块岩石旁写信。她写了又写。"咦？"她喊道，抬起头看着漂浮在海里的什么东西，"那是一只捕龙虾的笼子吗，还是一条翻了的小船？"她有些近视，什么也看不清楚，这时查尔斯·塔斯莱表现得格外友好。他开始玩打水漂。他们挑选扁平的黑色小石头扔了出去，让它们在水面上漂跃。拉姆齐夫人时不时地抬头从眼镜的上方看过去，取笑他们。莉莉不记得他们说了些什么，只记得她和查尔斯一起打水漂，突然发觉与他们相处是如此和谐，而拉姆齐夫人则看着他们。她非常清楚地意识到拉姆齐夫人的存在。拉姆齐夫人，她想着，向后退了一步，眯起了她的双眼。（她和詹姆斯一起坐在台阶上，一定使画面有了极大的改变。那里一定有一个阴影。）当她想起自己与查尔斯打水漂，以及海滩上的整个情景时，她觉得这一切好像都归功于坐在那块岩石下，膝盖放着信笺，正在写信的拉姆齐夫人。（她写了数不清的信，有时候信纸被风刮走了，她和拉姆齐先生刚好抓回来一页，才没有让它飘进海里。）但是人的灵魂拥有着多么巨大的力量啊！她想。那个坐在那边，在岩石下写信的女人，把一切事物化繁为简，使这些愤怒和烦躁消失不见。她把各种各样的东西放到一起，从悲惨的痛苦与怨恨中（她和查尔斯互相大声争吵，攻击对方，十分愚蠢又充满怨恨。）提炼出某种东西——比如在海滩上的那幕情景，这充满了友谊和好感的一刻——多年过后，仍然完好，她只要沉浸在这当中，就会刷新对塔斯莱先生的回忆，这就像一件艺术品，影响着她，留存在她的心中。

"就像一件艺术品。"她重复道。她看看画布，看看客厅的台阶，又回过头来看她的画布。她必须休息片刻。当她一边休息，一边茫然地将目光从一件东西移动到另一件的时候，那个永远在心灵的天空盘旋的古老问题，那个巨大的、普遍性的问题出现在她的世界。在这样的时刻，在她那紧绷的感官放松下来的时候，这个问题就很容易出现，它就停留在她的上空，笼罩着她。人生的意义是什么？这是一个很简单的问题，一个随着岁月的流逝越来越向人逼近的问题。伟大的答案从来没有出现。也许这伟大的答案永远不会出现。作为代替品的是日常生活中的小小奇迹与启发，那感觉就像在黑暗中意外地擦亮了火柴，眼前就是如此。这样的、那样的事物，等等；她自己和查尔斯·塔斯莱，以及汹涌的海浪；拉姆齐夫人把他们聚集在了一起；拉姆齐夫人说，"生命在这儿驻足"；拉姆齐夫人将这一刻变成了永恒（就像在另一个领域，莉莉自己也试图将这一刻变成永恒）——这就具有一种启示的性质。在混乱之中存在着某种形态；这永恒的流逝（她看着云彩飘过、树叶飞舞）被定格下来。生命在这儿驻足，拉姆齐夫人说过。"拉姆齐夫人！拉姆齐夫人！"她反复地喊道。这一切都归功于拉姆齐夫人。

周围一片静寂。似乎没有人在那幢房子里走动。她看着它在清晨的阳光中沉睡，窗户上映射的树叶呈现出绿色和蓝色。她对拉姆齐夫人模糊的思念，似乎与这幢静寂的房子、这缕青烟、这晨曦中清新的空气别无二致。朦胧、模糊而虚幻，它是如此惊人的纯洁而动人。她希望没有人打开窗户或从房子里走出来，这样可以让她独自继续思考，继续绘画。她转向她的画布。但是在某种好奇心的驱动下，在她未能表达出来的同情心的驱使下，她走了几步，来到了草坪的尽头，看是否能看到那一小队人在海滩上扬帆起航。在那些漂浮的小船中间，有的船帆还收卷着，因为海面很平静，有的船慢慢地移动起来，其中有一条小船离其他的船比较远，它的帆正在升起。她认为，在那条十分遥远的、十分安静的小船上一定坐着拉姆齐先生以及凯姆和詹姆斯。现在他们已经把船帆升了起来；船帆在片刻的垂落和犹豫之后渐渐鼓起，她看到小船谨慎地选择了行进的路线，超过了其他的船只，向大海驶去。

4

　　船帆在他们头顶上飘动。海水发出欢快的响声，拍打着在阳光下昏昏欲睡、停滞不前的船舷。偶尔一阵微风吹过，轻轻地吹动着那些船帆，但褶皱掠过，船帆又静止了下来。小船完全一动不动。拉姆齐先生坐在船的正中间。他很快就要失去耐心了，詹姆斯心想，凯姆也这样想，他的两条腿紧紧地蜷缩着，坐在介于他们两人之间的船中央（詹姆斯在掌舵，凯姆独自坐在船首）。他痛恨这样徘徊不前。果不其然，他烦躁不安地等了一会儿后，就对老麦卡力斯特的儿子厉声呵斥，而这个男孩便拿出船桨划了起来。但他们知道，只要船不能飞速前进，他们的父亲就永远不会满意。他会不断地盼着起风，坐立不安，低声自言自语，老麦卡力斯特和他的儿子会听到这些，他们俩一定会感到非常不舒服。是他叫他们来的，而且是他强迫他们来的。出于愤怒，他们希望永远不要起风，让他尽可能地受到挫折，因为是他违背了他们的意愿，硬逼着他们来的。在走向海滩的路上，他们一起落在了后面，尽管他们的父亲无声地命令他们"走快点，走快点"。他们低着头，仿佛被某些残忍无情的狂风压得抬不起头来。他们与他无法沟通。他们必须得来，他们必须服从。他们必须抱着牛皮纸包裹跟在他身后。但是，他们一边走，一边默默地发誓，他们要互相支持，同心协力来实现那个伟大的誓约——反抗暴政，至死不渝。因此，他们一声不响地，一个坐在船首，一个在船尾。他们一言不发，只看着坐在那里的父亲。他盘着腿，紧皱眉头，焦躁不安，鼻子里发出了哼哧声，嘴里嘟囔着，不耐烦地盼着起风。而他们却希望风平浪静，希望他的希望受到挫折。他们希望整个远征无法成功，希望最后只是抱着他们的包裹回到海滩。

　　但是现在，当老麦卡力斯特的儿子把船划出一小段距离后，船帆慢慢地转了过来，船加快了速度，当平稳下来以后，像箭一般飞驶了出去。拉姆齐先生那极度紧张的精神压力仿佛立即就得到了舒缓，他伸直了双腿，拿出烟草袋，小声嘟囔着把它递给了老麦卡力斯特。孩子们知道，虽然他感到痛苦难受，但他们的父亲却十分心满意足。他们会这样一直航行好几个小时，拉姆齐先生会向老麦卡力斯特问点什么——可能是关于去年冬天的那场大风暴——老麦卡力斯特会回答他，他们会一起吞云吐雾，而麦卡力斯特会拿过一根涂了柏油的绳索，打结或者解扣，他的儿子会去钓鱼，与谁都不说话。于是，詹姆斯不得不一直盯着船帆。因为如果他疏忽了，船帆就会起皱并且颤抖起来，而船速就会变慢，拉姆齐先生就会厉声说道："注意！

注意！"老麦卡力斯特就会慢慢地在他的座位上转过身来。果然，他们听见拉姆齐先生问了些关于去年圣诞节发生的那场大风暴的事情。"那条船绕过了那个地方驶来。"老麦卡力斯特说道，形容着去年圣诞节的那场大风暴，那时有十条船驶入海湾来躲避风暴，他看到"一条船在那儿，一条船在那儿，又一条船在那儿"。（他慢慢地指着海湾的各个方向，拉姆齐先生顺着他的手转动着脑袋。）他看到四个人紧抱着桅杆。然后船就沉没了。"最后我们把船撑开了。"他继续说道。（孩子们生气地沉默着，只是偶尔听到了只言片语，他们坐在了船的两头，至死不渝地反抗暴政的誓约将他们团结在了一起。）最后他们把船撑开了，他们放下了救生艇，他们把船驶离了那个地点——老麦卡力斯特讲述着这个故事，虽然他们只是听到了只言片语，但他们始终意识到他们父亲的存在——他怎样俯身向前，怎样使自己的声音与老麦卡力斯特的声音协调起来，怎样一边抽着烟斗，一边看着老麦卡力斯特所指的这些地方，琢磨着在那场风暴里、黑夜中渔民们搏斗的场景。他喜欢男人在黑夜中、在刮着大风的海滩上吃苦卖命，挥汗如雨，用身体与智慧和风浪搏斗；他喜欢男人这样，而女人应该持家，当男人们在风暴中葬身海底时，她们可以陪在熟睡的孩子们身旁。无论是詹姆斯还是凯姆都能够看得出来（他们看看父亲，又看看彼此），他们可以从他那晃动的身体、全神贯注的神情、提高了声调的话语中看出他的想法。他向老麦卡力斯特询问在风暴中驶入海湾避风的十一条船时，声音中带有一点苏格兰口音，这使他自己也像是个农民。这十一条船中有三条沉没了。

他骄傲地望着老麦卡力斯特所指之处。凯姆自己也不知道为什么，竟会为他感到骄傲，凯姆想道，如果他在那里，他一定会驾驶那艘救生艇，到达船只失事的所在之处。他是这样勇敢，充满了冒险精神，凯姆想道。但是她想起了那个誓约：反抗暴政，至死不渝。他们的不满沉重地压迫着他们。他们是被迫的，他们是被命令来的。他又一次利用他的忧郁和权威来支配他们，让他们按照他的命令行事，在这个美好的早晨，只是因为他的希望，就要带着这些包裹到灯塔去，去参加他为了满足自己祭奠死者的心愿而举行的朝圣仪式，他们讨厌这样，所以就磨磨蹭蹭地跟在他后面，一天的乐趣全部被破坏掉了。

是的，微风吹来，令人心旷神怡。小船倾斜着前进，乘风破浪，划破海面，掀起的浪花如绿色的泡沫、瀑布、激流。凯姆低头看着下面的泡沫，看着大海和它的所有宝藏，船的速度令她着迷，她和詹姆斯之间的纽带松动了一点儿，减弱了一点儿。她开始想，船驶得多快啊，我们正在往哪里去呢？船的速度令她昏昏欲睡，而詹姆斯，他的目光紧紧盯着船帆和地平线，神情严峻地掌着舵，心里却想着逃脱。他想摆脱这一切。真希望他们赶快在什么地方登陆，然后就自由了。他们两个互相对视了片刻，由于速度和情况的变化，他们心中产生了一种逃脱和激情的快感。这微风也让拉姆齐先生产生了同样的兴奋感，当老麦卡力斯特转过身去把钓鱼线向外抛出去的时候，他大声叫喊道：

"我们灭亡了，"然后又喊道，"各自孤零零地灭亡。"随后，带着那种习惯性的忏悔和羞怯的激动，他控制住了自己，向岸上挥了挥手。

"看见那个小屋了吗？"他指着那里说道，希望凯姆往那边看。她很不情愿地直起身来向那边看。但是，是哪一个呢？她已经不能辨认出在那山腰上哪间屋子是他们的了。所有的屋子看上去都显得遥远、宁静和陌生。海岸也显得优雅、遥远、虚幻缥缈。他们航行的这点距离已经使他们远离了海岸，现在它的样子看上去不同寻常，显得镇静沉着，好像在渐渐远去，和他们不再有任何关系。哪间房子是他们的呢？她看不出来。

"但我曾处在更为波涛汹涌的海中。"拉姆齐先生喃喃地说。他已经找出了他们的房子，看到了它，他也在那里看到了他自己。他看到他自己在那平台散步，独自一人。他在那些石瓮之间来回徘徊；他似乎看到自己弯腰驼背、衰老异常。他现在坐在船中，弯腰驼背，蜷缩着身体，立刻就进入了他的角色——一个凄凉孤独的男人，失去了亲人的一个鳏夫。因此他把成群的、对他充满同情心的人召唤到了自己的面前。他坐在小船里，给自己演出了一幕小小的戏剧。这幕戏剧需要他表现得老态龙钟、虚弱无力、无比悲伤（他抬起手来，看到它们这么瘦削，借此来证实他的幻想），这样就会得到女性无边无际的同情，他又想象着她们会怎样给予他慰藉与同情，并且在他的幻想中映射出女性的同情所能给予他的强烈喜悦。他叹了口气，悲哀而轻声地吟诵：

但我曾处在更为波涛汹涌的海中，

被更深的漩涡所淹没。

所有人都非常清楚地听到了这哀伤的诗句。凯姆几乎在她的座位上惊呆了。这使他很震惊——也令她气愤。她的动作惊动了她的父亲；他哆嗦了一下，停止了吟诵，大声呼喊道："快看！快看！"他的声音如此急迫，使詹姆斯也转过头来看他身后的那座小岛。他们都看到了。他们看着那个小岛。

但是，凯姆什么也没有看见。她正在想着那些小径和草坪，那些与他们曾经的生活紧密地纠缠在一起的东西都消失了：它们被抹去了，成了过去，变成虚无的东西。而现在眼前的一切才是真实的——这条小船和它带补丁的船帆，戴着耳环的老麦卡力斯特，海浪发出的声响——所有这一切都是真实的。她想着这些，喃喃自语："我们灭亡了，各自孤零零地灭亡。"她父亲的话一遍遍地在她的脑海里出现，这时她的父亲看到她茫然地注视着远方，就开始戏弄她。她懂得罗盘上那些圆点所代表的意思吗？他问道。她分得出东西南北吗？她真的认为他们就住在那边吗？他又指着岸边，告诉她他们的房子在哪里，在那边，那些树的旁边。他希望她能把方位判断得更准确一点儿，他说道："告诉我，哪里是东边，哪里是西边？"他半取笑半责备地问她，对于那些不是绝对的低能却又看不懂罗盘的人，他是无法理解他们的心理状态的。可是她确实看不懂。看到她茫然地注视着远方，现在又带着惊恐的目光盯着那没有房子的地方，拉姆齐先生忘记了他的梦想，忘记了他如何在平台的石瓮之间徘徊，忘记了女人们如何向他伸出援手。他想，女人总是这样，她们的头脑糊涂，实在无药可救。这是他从来没法了解的事情，但事情就是这样。他的妻子就是这样。她们无法把事情清晰地记在脑海里。但是，他对她生气是错误的，更何况，他不是很喜欢女人身上那种糊涂劲儿吗？这是她们特有魅力的一部分。我要让凯姆对我微笑，他想。她看起来很害怕，过于沉默了。他紧握他的拳头，决心抑制住多年来他可支配的且可使人们同情、赞美他的声音、面部表情和所有富有表现力的手势。他需要让她对他微笑。他要找些简单轻松的事和她谈。可是谈点什么呢？因为像他这样如此专注于自己工作的人，已经忘记了人们所谈的那些话题。对了，有一只小狗，他们有一只小狗。今天是谁在照顾这只小狗？他问道。詹姆斯看见她姐姐的头靠着船帆，冷酷地想着，现在她可要屈服了。那么，我就会独自一人来对抗这个暴君了。那个誓约只能留给我一个人去信守了。凯姆永远不会至死不渝地反抗暴政了，他看着她那悲伤的、阴沉的、屈服让步的脸，阴郁地想道。就像有时候会出现的那样，乌云遮住了一片绿色的山坡，周围的群山也会被笼罩在阴暗与忧伤之中，似乎这群山需要思考被乌云遮住的、在阴影中的山坡的命运，或同情或恶意地幸灾乐祸。凯姆现在觉得自己被乌云笼罩了，她坐在这群镇定安详的人们之中，不知道怎样回答她父亲提出的关于小狗的问题，不知道怎样抵挡他的乞求——原谅我，关心我；同时，立法者詹姆斯似乎在膝盖上摊开了象征着永恒智慧的法律条文（他放在船舵上的手对她来说成了一种象征），对她说：反抗他，和他斗争。他说得非常对，很公正。因为他们必须至死不渝地反抗暴政，她想道。在人类所有的品质中，她最尊崇的就是公正。她的弟弟最像一个公正的神，她的父亲最会乞求。她坐在他们两人之间，注视着景色陌生的海岸，想着那些草坪、平台和房子都平静地远去了，那里一片平静，她想道，自己该向谁妥协呢？

"贾斯帕。"她闷闷不乐地说道。他会照顾那只小狗的。

那么，她打算给小狗起个什么名字？她的父亲追问道。他小的时候曾经有一只狗，叫弗里斯科。她会屈服的，詹姆斯想，因为他从她脸上看到了一种表情，一种在他记忆中十分熟悉的表情。她们原本在低头看着手里编织的活计，突然她们抬起头来。他记得这里似有蓝光一闪，然后和他坐在一起的什么人笑了，屈服了，这使他非常生气。这个人肯定是他的母亲，他想，她坐在一把矮椅子上，他的父亲高高地站在她的身旁。他开始在岁月中搜寻，时间沉淀下来的无数印象堆积在他脑海，层层叠叠，密密麻麻。他在各种气息和声响中搜寻，各种声音，刺耳的，虚伪的，甜蜜的；灯光掠过，扫帚轻轻扫过地面，海浪发出阵阵呜咽，一个男人如何走来走去，突然停住，笔直地站在他们旁边。同时，他注意到凯姆把手指浸在海中玩水，眼睛盯着海岸一言不发。不，她不会屈服的，他想；她是不一样的，他想。好吧，拉姆齐先生决定了，如果凯姆不愿意回答他的问题，他就不去打搅她了，他这么想着，便伸手到口袋里去摸一本书。但是，她愿意回答他，她强烈地希望能够移开位于她舌头上的某种障碍，说道，哦，是的，弗里斯科。我就叫它弗里斯科。她甚至想说，它是不是那只独自从野地里找到回家道路的小狗？但是，尽管她努力尝试，却想不出像这样的话来说——既能强烈地忠诚于他们的誓约，又能在不被詹姆斯怀疑的情况下，向父亲表达自己对他的爱。她一边想着，一边玩着水（现在老麦卡力斯特的儿子捕到了一条马鲛鱼，它在甲板上乱蹦，鱼鳃上流着血）。她看着詹姆斯，他漠然地盯着船帆，或偶尔瞥一眼地平线，心想：你没有受到过这种情绪的压力和矛盾，感受不到这种强烈的诱惑。她的父亲正在口袋里摸索，再过一秒钟，他就会找到这本书。他对她有着无人能及的吸引力：他的手如此美丽，他的双脚，他的声音，他的语言，他的轻率，他的暴躁，他的怪癖，他的热情，还有他在大家面前直言不讳地说，我们灭亡了，各自孤零零地灭亡，还有他的冷漠，都对她有着独特的吸引力（他已经打开了他的书）。她笔直地坐在那里，看着老麦卡力斯特的儿子正在把鱼钩从另一条鱼的鳃里取出，心里想，最让人感到难以忍受的是他的极度盲目与专横，它毒害了她的童年，掀起了痛苦的风暴，以至于她现在还会在半夜惊醒，气得浑身发抖，忆起他的控制欲和傲慢无礼——"做这个！""做那个！"还有他的统治欲望，他那"服从我"的表情。

所以她什么话也没有说，只是倔强而悲伤地看着笼罩在宁静之中的海岸。仿佛那里的人们都进入梦乡，她想，在睡梦中像轻烟一样随意，像幽灵一样来去自由。她想，在那里他们没有痛苦。

5

是的，莉莉·布里斯科站在草坪边缘上眺望，那是他们的船。那只船的船帆是灰褐色的，现在她看到这只船平贴着水面，疾驰着穿过海湾。她想象着，他就坐在那儿，孩子们仍然沉默不语。她也不可能到他那里去。她没有向他表达同情令她心情沉重。她难以安心作画。

她一向认为他难以相处。她记得自己从来没有当着他的面称赞他。这就使得他们之间的关系退化到了某种中性的状态，而没有性别的因素。而正是因为性别因素，他才会在敏泰面前表现得殷勤有礼，甚至有些轻佻。他会给她摘一朵花，把他的书借给她。但是他真的相信敏泰会读这本书吗？她在花园里带着它们走动，把树叶夹在她读到的地方。

"你记得吗，卡迈克尔先生？"她看着那位老人，很想问他。但是他拉下帽子，遮着前额。她猜想，他要么睡着了，要么正在幻想，要么正躺在那里推敲词句。

"你记得吗？"她经过他时很想问他，又一次想起了拉姆齐夫人在沙滩上的情景——那只木桶在海中上下浮动，那些信纸在空中飘散飞舞。为什么，在这么多年以后，这一幕仍然保存了下来，萦绕脑海，闪着光，每一个细节都清晰可见，而在它之前和之后的一段漫长时间中，都是一片空白呢？

"那是一只船吗？还是只软木塞？"她会问，莉莉重复着这句话，转过身来，不情愿地回到画布前面来。感谢上天，那片空间的问题依然存在，她心想，重新拿起画笔。它瞪着她。画面的整体平衡感就取决于这个砝码。这画应该美丽而明亮，柔软如毛，虚无缥缈，各种色彩相互交融，就像蝴蝶翅膀上的颜色。然而它的下面，一定是用钢筋钳合起的牢固结构。它是那种你轻轻一吹就会起皱，同时也是千军万马也无法拉扯开的东西。她开始涂上一层红色、一层灰色，开始按自己的方式填补这片空白。同时，她又仿佛和拉姆齐夫人一起坐在沙滩上。

"那是一只船吗？还是只木桶？"拉姆齐夫人问道。她开始寻找她的眼镜。找到了眼镜以后，她安静地坐在那里，望着大海。莉莉按部就班地画着，却感觉似乎有一扇门被打开了，走进后，在一个教堂般高大阴暗、庄严肃穆的地方默默伫立着。叫喊声从一个遥远的世界传来。轮船冒着烟柱，消失在了地平线上。查尔斯扔着石子，让它们在海面跳跃。

拉姆齐夫人安静地坐着。莉莉想，她很高兴能够在安静中休息，不需要与人交流，在人际关系最不起眼的角落里休息。谁能知道我们是什么样的人，我们的感受如何呢？即使是在亲密的时刻，谁又知道这些呢？这就是知识？拉姆齐夫人可能会问，说出来这件事不会让情况变糟糕吗？（这种沉默的场面在与她在一起的时候似乎经常出现。）沉默不是能够表达更多吗？至少在那一刻无比充实。她在沙滩上捣了一个洞，又用沙子盖住，好像把这完美的一刻埋藏了进去。这一刻就像是一滴银液，只要人们蘸一下它，就能照亮了过去的黑暗。

莉莉后退了几步，让她的画布——就这样的——处于她的观察范围之内。绘画所需要走的是一条曲折的道路。她往外一直走，越来越远，直到最后她坐到了一块狭小的木板上，在汪洋大海中浮沉。当她去蘸蓝色颜料的时候，她也蘸满了过去。她记得，那时拉姆齐夫人站起身来。该回到房子里去了——午餐的时间到了。于是他们一起从海滩往回走，她走在威廉姆·班克斯的后面，敏泰走在他们的前面，长袜上破了一个洞。那个破洞露出的粉红色的脚后跟似乎在他们面前炫耀自己！威廉姆·班克斯对这个很反感，虽然在她的记忆中他什么话都没有说！对他来说，这意味着女性气质的湮灭，肮脏和杂乱，以及仆人们的离去，到了中午还没有把床整理好——他最痛恨的东西。他习惯性地伸开他的手指，哆哆嗦嗦，仿佛在遮掩一件不堪入目的东西，他现在就是这样——把手挡在眼前。而敏泰在前面走着，大概保罗遇见了她，她就同保罗一起去了花园。

莉莉·布里斯科回忆起了雷莱夫妇，把一管绿色的颜料挤到了调色板上。她在脑海中收集着对于雷莱夫妇的印象。他们的生活以一连串场景的形式出现在脑海，其中一幕就是在黎明时的楼梯上。保罗已经回来并且很早就上床休息了，敏泰回来得很晚。大约凌晨三点钟，敏泰在楼梯上，头戴花环，浓妆艳抹。保罗穿着睡衣走了出来，手里拿着一根拨火棍，以防遇上盗贼。敏泰站在楼梯中间的窗口前，在苍白的晨光中吃着三明治，地毯上有一个破洞。但是，他们说了些什么呢？莉莉问自己，好像只要看到他们就能听见他们的声音。敏泰继续讨厌地吃着她的三明治，同时保罗言辞激烈地责备着她，声音很低，生怕吵醒孩子们，那是两个小男孩。他面容憔悴，脸拉得很长；她轻浮艳丽，一脸满不在乎。结婚一年左右，他们之间的感情就垮了，这场婚姻实在很糟糕。

莉莉在画笔上蘸了一些绿色颜料，用这样的方式来想象关于他们的情景，就是我们所谓的"了解"人们，"关心"人们，"喜欢"人们！这里面没有一个词是真实的，都是她想象出来的，但这就是她对他们的了解。她继续深入她的画作中，进入了过去。还有一次，保罗说他"在咖啡厅里下象棋"。凭借这句话，她在脑海里想象出了一幕完整的画面。她记得，当他说这话的时候，她就在脑中设想他怎样给仆人打电话，而女仆说，"雷莱夫人出去了，先生"，于是他决定不回家了。她似乎看到他坐在某个阴暗的角落。红色的长毛绒座椅上沾满了烟尘，那里的女招待对他很熟悉，他正在和一个小个子的男人下象棋，这个人住在瑟比顿，是做茶叶生意的，而保罗对他也就这么点儿了解。然后当敏泰出去的时候，他回到了家，后来就是在楼梯上发生的那一幕，那时，为了对付盗贼，他手里预先拿着拨火棍（毫无疑问，是为了吓唬她一下），而且粗声恶气，他说她毁了他的生活。后来，当莉莉到里克曼沃斯附近的一所小别墅去看望他们的时候，他们之间的关系变得实在可怕。保罗带着她去花园里看他饲养的比利时兔子，敏泰在后面跟着他们，唱着歌，把她裸露的手臂搭在他的肩膀上，唯恐他向莉莉说些什么。

莉莉想，敏泰一点儿都不喜欢兔子。但是敏泰从来没有表露出来。她从来不说保罗在咖啡厅里下象棋这些事。她非常敏感，并且非常谨慎小心。但还是继续讲他们的故事吧——现在他们已经度过了这危险的阶段。她在去年夏天曾经和他们一起住过一段时间，汽车坏了，敏泰不得不给他递修车工具——像公事一般的，直截了当的，友好的——这证明了现在他们相安无事。他们已经不再"相爱"了，不，他已经爱上了另一个女人，一个严肃认真的女人，她的头发梳成辫子，手里拿着公文包（敏泰曾经感激地，几近钦佩地描述过她），她参加会议，在地税和财产税的问题上和保罗持有相同的观点（他们越来越多地表达了这些观点）。他们这样的关系并没有使他和敏泰的婚姻破裂，反而修正了它，当他坐在路边而她把工具递给他时，他们两人看上去是关系很好的朋友。

这就是雷莱夫妇的故事，莉莉想。她想象着，当自己把这些讲给拉姆齐夫人的时候，她一定会充满好奇心，迫切地想知道雷莱夫妇后来如何了。而如果她告诉拉姆齐夫人这个婚姻并不美满，心里便会有一点儿得意扬扬。

但是，那死去的人，莉莉想。她在构图上遇到了一些障碍，使她不得不停笔沉思，退后了一两步，唉，死去的人！她喃喃自语，人们同情死去的人，人们把他们撇在一旁，甚至还有点蔑视他们。他们现在任由我们摆布。拉姆齐夫人已经离开了，她想道。我们可以不顾她的愿望，篡改她那种充满局限性的、陈旧的观念。她已经退后，离我们越来越远，我们甚至可以看到她在岁月长廊的尽头，在所有不合时宜的情况下说："结婚吧，结婚吧！"（清晨，她笔直地坐在那里，小鸟正在外面的公园里叽叽喳喳地叫。）而你不得不对她说，事情的发展全部违背了她的意愿。他们是那种幸福，我是这种幸福。生活完全改变了。在这种情况下，她的存在，甚至她的美丽，在转瞬之间都化为了尘土。在这一刻，莉莉站在这里，太阳晒得她后背发烫，通过总结了雷莱夫妇的情况，她觉得自己战胜了拉姆齐夫人，而拉姆齐夫人永远也不会知道保罗是怎样出入咖啡厅，并且还有一个情妇；不知道他是怎样坐在地上，让敏泰给他递修车工具；不知道莉莉站在这里绘画，一直没有结婚，甚至也没有嫁给威廉姆·班克斯。

　　拉姆齐夫人原本已经把这件事规划好了。如果，她还活着，她会强迫他们结婚的。在那个夏天，他已经被认定是"最亲切友善的人"。他是"在他那个年纪中最好的科学家，我丈夫说的"。他同时还是"可怜的威廉——当我去看望他时，发现他的家里一件像样的东西都没有，这真让我很难过——甚至连给他侍弄花草的人都没有"。于是，拉姆齐夫人就会叫他们一起出去散步，并用她那不易被他人之手抓住的、略带嘲讽的口气对莉莉说：她有一个科学的头脑；她喜欢花；她非常严谨。为什么拉姆齐夫人对于婚姻如此狂热呢？莉莉想知道，于是她在画架前走来走去。

（突然，就像流星划过夜空，在她的脑海中似乎燃起了红色的火光，笼罩着保罗·雷莱，而那火光就是从他身体里发出来的。它就像在遥远的海滩上野蛮人举行某种宗教仪式时燃起的火焰。她听到了火焰的咆哮声，以及木柴发出的噼啪声。方圆几英里之内的海面被映得一片金红。这其中混合着酒的芬芳，令她陶醉，使她又一次产生了从悬崖一跃而下，只为寻找掉落在沙滩上的一枚珍珠胸针而被淹死的莽撞渴望。火焰的咆哮声和木柴发出的噼啪声使她感到恐惧，并心生厌恶，她向后退去，在看到它的壮丽和力量的同时，仿佛也看到了它是怎样贪婪地、令人生厌地吞噬了这栋房子里的宝藏，她讨厌这样。但是作为一个景象，作为一种超过了她以往一切经历的灿烂景象，它就像一种烽火信号，年复一年地在大海尽头的一座荒岛上燃烧，只要一提到"爱情"，保罗的内心火焰马上就会像现在这样重新燃起，而当这火焰沉寂下去后，她笑着对自己说，"雷莱夫妇"；她想起了保罗如何去咖啡厅下象棋。）

她想，她只是非常侥幸地逃脱了这一劫。她正在看那块桌布，心里闪过了一个念头，她要把那棵树移到画面中间去，也永远不要和任何人结婚，这使她感到了一种巨大的喜悦。她现在觉得，自己可以理直气壮地面对拉姆齐夫人了——这是对拉姆齐夫人惊人力量的一种敬意。她说，去做这个，人们就去干这个。就连她和詹姆斯一起坐在窗口的影子都充满了至高无上的权威。她还记得，当她忽视了母子亲情时，威廉姆·班克斯是多么震惊。难道她不称赞她们的美丽吗？他问道。她记得威廉聆听自己的解释时，那带着如孩子般聪明的目光，并没有一丝不敬之处：这里的一片光亮需要有一个阴影衬托，等等。她无意蔑视一个拉斐尔曾虔诚描绘过的神圣题材。她也绝不会冷嘲热讽，恰恰相反。她感谢他那科学的头脑，他了解她——这证明了他具有公正的理解力，这给了她极大的愉快和安慰。这样，她就可以和一个男人严肃地谈论绘画了。真的，与他的友谊曾经是她生命中的乐趣之一。她爱着威廉姆·班克斯。

他们一起去汉普顿宫玩，他总是让着她，像个完美的绅士，他经常去河边散步，还会给她足够的时间去洗手间。在许多事情上，他们都有着恰到好处的默契。很多事情都不言自明。那时，他们在那里的庭院散步，一个又一个夏天，去欣赏错落有致的建筑群和盛放的鲜花，他会给她讲各种事情，比如透视法、建筑学等各种知识，有时他会停下来去看一棵树或湖上的景色，或者去称赞一个小孩（这是他最忧伤的事情——他没有女儿）。他这种孤独的、冷淡的样子，对于一个把这么多时间花在实验室里的男人来说也是很自然的，因为当他一出门，外面的世界似乎就会使他头晕目眩，所以他总是走得很慢，抬起手来遮住他的眼睛，头往后仰，仅仅是为了呼吸一口新鲜空气。这时，他会对她说，他的管家去度假了；他必须买条新的地毯来铺楼梯，不知她是否愿意和他一起去给楼梯买块新地毯。有一次，忘了是什么事情使他谈论起了拉姆齐夫妇，他曾经说他第一次见到拉姆齐夫人时，她戴着一顶灰色的帽子，她那时还没到十九或者二十岁，美得惊人。他站在那里凝视着汉普顿宫的林荫大道，仿佛可以在那喷泉之间看到她的身影。

莉莉现在往客厅的台阶看去。她通过威廉的眼睛看到了一个女人的身影，平和而安静，目光低垂。她坐在那里沉思，冥想（那天她穿的是灰色的衣服，她想道）。她的目光低垂着。从来不曾抬起来。是的，莉莉想着，专心地看着她，我肯定见过她这个样子，但穿的不是灰色衣服，也不是这样沉静，这样年轻，这样安详。这个身影会飘然而至。她拥有令人惊叹的美丽，就像威廉说的。但美丽并不是一切。美丽有它不利的一面——它来得太容易，来得太彻底。它使生活停止了——凝固了。它使人忘记了那些小小的激动：兴奋的红晕和悲凉的苍白，一些奇怪的扭曲，某些光亮或阴影，这些会使得这张脸一时难以辨认，却也给了它令人永远难以忘怀的品质。在美的掩护下，抹去这一切要简单得多。但是，当拉姆齐夫人把猎鹿人的帽子往头上一戴，或是跑过草地，抑或是责备园丁肯尼迪的时候，她是怎样的神情呢？莉莉很想知道，谁能告诉她呢？谁能帮助她呢？

她的思绪很不情愿地从内心深处返回到了外部世界，她发现自己的注意力已经有一半脱离了那幅画，有一点儿恍惚的，她像看到什么虚幻的东西一样看着卡迈克尔先生。他躺在椅子上，双手交叉放在他的肚子上，既没有在读书，也没有在睡觉，像一个吃饱了东西的动物一样在晒太阳。他的书已经掉到了草地上。

她想直接走到他的面前，并对他说："卡迈克尔先生！"于是他就会像平时一样用他那双蒙眬的绿眼睛仁慈地看着她。可是一个人只有在知道自己要对别人说些什么的时候，才会唤醒他们。但她想说的并不是一件事，而是一切事情。只言片语只会打乱思路，割裂思想，什么也表达不了。"关于生，关于死；关于拉姆齐夫人。"——不，她想，自己对任何人无法说任何事。顷刻间的迫切心愿总是无法达成。话语飘向了一旁，击中了目标下方几英寸的地方。于是人们放弃了；于是那种想法又沉入了心底；于是人们变得像大多数的中年人一样，谨小慎微，吞吞吐吐，眉宇之间布满皱纹，一副永远忧虑的样子。人们又如何能用语言表达肉体上的情感呢？这种空虚怎么能说得清楚呢？（她正在看着客厅的台阶，它们显得格外空虚。）这是人们在肉体上的感受，而不是心灵上的。与那空旷的台阶一起到来的肉体上的感受，突然让人感到极度不快。想要却得不到，使她全身产生了一种僵硬、空虚、紧张的感觉。想要却得不到——不断地想要——这太折磨人心了！一而再，再而三地折磨人啊！哦，拉姆齐夫人！她无声地呼喊着，对着那个坐在船上的幽灵，对那个由她而生的抽象存在，对那个身穿灰色斗篷的女人呼喊，仿佛在责备她的离去，责备她既已离去为何又重新归来。她认为思念拉姆齐夫人是很安全的事情。她是幽灵，是空气、虚无，是一种你在白天或夜晚中任何时候都可以轻易地、安全地玩弄的东西；她也一直是这样的东西，然而她也会突然伸出手来，如此这般折磨着你的心。突然间，客厅里空荡荡的台阶，室内椅子的褶边，在平台上打滚儿玩的小狗，花园里的声浪和低语，变成了曲线和花纹，装饰着一个完全虚无的中心。

"这是什么意思？你如何解释这一切？"她重新转向卡迈克尔先生，想要与他说话。因为在这个清晨，整个世界似乎都融成了一个思想的潭渊，一个现实的水湾，而她几乎可以想象，一旦卡迈克尔先生开始讲话，就会有一滴小小的眼泪击碎这水域的表面。那么然后呢？会有什么东西浮现——一只幽灵之手会向上伸来，一把刀会闪着寒光。当然，这些都是一派胡言。

她产生了一个奇怪的想法，他终究还是听到了她未能说出来的话。他是一位不可思议的老人——他的胡须上沾着一些黄色的污渍，还有他的诗句，他的困惑，他在这个可以满足他一切需求的世界上沉着宁静地航行，因此她想，只要他躺在草坪上垂下手去，就可以捞起任何他所想的东西。她看着自己的画。她猜想这可能就是他的回答——"你""我""她"都会随着时间的流逝而消逝，什么也不会留下的，一切都在变化着，但是语言和绘画却不是这样。她想，她的画或许会被挂在阁楼上，会被卷起来，扔在沙发底下，然而即便如此，尽管是这样的一幅画，也是永恒的。可以说，即使不是什么像样的作品，而是这种信手涂鸦，也是"永远的存在"，她打算这样说，或者——她想无言地暗示出来这个意思，因为这些话如果说出来，她自己听后也会觉得过于吹嘘。当她去看这幅画时，她会惊奇地发现，她看不见这幅画了。她的眼中充满了滚烫的液体（一开始时，她没意识到是眼泪），空气陡然凝重，眼泪从脸颊上滚落，但她嘴唇没有一丝颤动。她对于自己有着完美的控制能力——哦，是的！——在所有其他的方面。那么，她是在为拉姆齐夫人而哭泣，且没有感受到任何的不快吗？她又和卡迈克尔先生说话了。这是什么情况？它意味着什么？是幽灵伸出手来抓住了你吗？这把刀会砍伤人吗？那拳头会攥紧吗？难道就没有安全的地方了吗？心灵当真无法理解这世界的规律吗？没有向导，没有庇护之所，一切都是奇迹，只能从塔尖纵身一跃吗？难道这就是，甚至对于上了年纪的人来说，这就是生活？——令人吃惊，出乎意料，又无从知晓？恍惚之间，她觉得如果他们两个人都从草坪上站起来，就在此处，就在此时，要求得到一个解释：为什么人生如此短暂，为什么它如此不可捉摸，如果他们像两个全副武装的人，一切都逃不出他们的法眼，言辞激烈的话——那么，美将会自己蜷缩起来；这个空间将被填满，那些空虚的装饰会构成形象；如果他们的喊声足够响亮的话，拉姆齐夫人就会回来。"拉姆齐夫人！"她大声喊道，"拉姆齐夫人！"泪水从她的脸颊上滚落。

6

[老麦卡力斯特的儿子从捕到的鱼中挑出一条，从它的腹部切了一方块肉，挂在钩子上作为鱼饵。而这条残缺的鱼（它还是活着的）则被扔回了大海。]

7

　　"拉姆齐夫人！"莉莉喊道，"拉姆齐夫人！"但是什么都没有发生。这种痛苦在加剧。她想，痛苦竟然能够使一个人做出如此愚蠢的行为！不管怎样，幸好那位老人没有听见她的声音。他仍然和蔼、平静——如果你愿意这样想的话，仍然崇高。感谢上帝，没有人听到她那丢脸的叫喊声，痛苦停止吧，停止！显然，她还没有丧失理智。没有人看见她跨上那块狭窄的踏板，纵身跃入毁灭的急流中。她仍然是一个手持着画笔的瘦弱的老姑娘。

　　现在，这种渴望的痛苦和强烈的愤怒慢慢减弱了（正当她想到她可能永远不再为拉姆齐夫人感到悲伤的时候，这种感觉又被召唤了回来。当她在早餐时分面对这些咖啡杯的时候，她想念拉姆齐夫人了吗？一点儿也没有）；作为残留下来的痛苦，人自身的存在就是解药，这种安抚即是镇痛的软膏，她还隐隐约约地感觉有谁在场，是拉姆齐夫人——在这一刻，她摆脱了这个世界加在她身上的重负，轻轻地站在她的身边（这就是拉姆齐夫人全部的美），把她去世时戴的白色花冠举到她的前额。莉莉又挤出了一些颜料。她开始着手描绘这个树篱。很奇怪，她很清楚地看到了她，如平日里一样，她迈着轻快的步伐穿过田野，在充满紫色的、柔和起伏的田地中，在风信子或百合花的花丛中消失了。这是画家眼睛里常会出现的一种幻觉。在听到拉姆齐夫人死讯后的很多天里，她都曾看到她像现在这个样子——把花冠戴在额头上，毫不迟疑地和她的同伴——一个影子，穿过那片田野。这个景色，这个片段，拥有令人感到慰藉的力量。无论她在哪里绘画，在此，在乡间或在伦敦，这个幻象总会来到她的眼前，她半闭着眼，寻找一些东西来为这个幻象找个基点。她俯视着火车车厢、公共汽车，她从肩膀或面颊上取下一根线条，看看对面的窗户；看着在夜晚中灯光绵延的皮卡迪里广场。这一切都曾经是死亡之野的一部分。但总有什么东西——可能是一张脸，一个声音，一个卖报童在叫卖《旗帜报》《新闻报》的声音——猛然冒出来，叱斥她，唤醒她，要求并终于使她集中了注意力，所以这个幻象就必须不断地重新塑造。现在又是如此，她被某种对广阔天地和蔚蓝大海的本能需求所驱使，她向下面的海湾看去——蓝色的波浪线条就是小丘，紫色的空间如同布满小石头的田野。这时，她像以前一样被某种突兀的东西所惊醒。在海湾的中央有一个棕色的小点。那是一条船。是的，过了一秒钟，她就意识到了。但是，这是谁的船呢？是拉姆齐先生的船，她回答道。拉姆齐先生，那个领头带着队伍经过她的身旁，挥着手，神情冷漠，穿着漂亮的皮鞋，要求得到她的同情而被她所拒绝的男人。这条小船现在已经驶过了半个海湾。

这天早晨的天气非常好，只偶尔有一丝微风。海水与天空连成一片，船帆仿佛高悬在空中，云彩似落入海面。在遥远的海的另一边，一艘轮船喷出股股浓烟，它在天空中翻转缭绕，经久不散，装饰着这片景色。海上空气好似一层薄纱，把万物柔和地保存在它的丝网中，让它们轻轻地来回荡漾。就像在晴空万里的日子中一样，这些小船似乎也意识到了悬崖的存在，它们之间仿佛在互相发送着它们彼此间才能理解的某些信息。有时，看似离海岸很近的灯塔，在这早晨的薄雾中也会显得遥不可及。

"他们现在在哪里？"莉莉望着大海，心里想着。那位在胳膊下夹着棕色纸包，默默地从她身旁走过的老人，他在哪里呢？那条小船正在海湾的中央。

8

凯姆眺望着沉浮不定的、越来越遥远的、静谧的海岸，心里思索着，他们在那里什么也体会不到。她用手在海面轻拨出一道波痕，将绿色的漩涡和条纹想象成各类图案，她的思维麻痹了，蒙上了一层帷幕，她想象着自己在水下世界遨游，只见串串珍珠附在白色浪花上，她的心灵在绿光下蜕变，身体包裹在绿色的斗篷中，被阳光照耀成半透明状。

然后，她手四周的涡流开始减弱。湍急的海水停止了流动；世界充满了微弱的吱吱声，你能听到波涛破碎、拍打船舷的声响，好像他们已经停在港湾中。一切事物似乎都与你近在咫尺。詹姆斯久久地盯着船帆，盯到它似乎变得像某个旧相识，此时船帆完全耷拉着。他们停了下来，在烈日下随波轻荡，等待着风起。他们此刻远离海岸和灯塔，万物似乎都停滞了。灯塔岿然不动，远处的海岸线已经定格。太阳愈发灼热，大家似乎挨在了一起，并且能够感受到彼此的存在，但刚才他们还各有所思。老麦卡力斯特的渔线直直地落入海中，但是拉姆齐先生仍继续盘腿而坐，读着他的书。

他正在读一本闪闪发光的小书，封面的杂色斑纹像鸻鸟蛋的花纹。当他们在可怕的风平浪静中徘徊之时，他会时不时地翻上一页。詹姆斯觉得他每翻一页书都是冲着他来的特殊动作：时而独断专行，时而权威命令，时而有让人同情他的意图。当他父亲一页接着一页地翻阅那本小书时，詹姆斯始终担心他会抬起头并且厉声斥责他。他们为什么会滞留在这里？他会质问，或是类似的不通情理的疑问。如果他这样做，詹姆斯就打算拿把刀直刺他的心脏。

在詹姆斯的脑中总是有持刀直刺父亲心脏这个念头。而现在，随着年龄的增长，他坐在这里生着闷气，盯着父亲，才知道他想杀的并不是他，不是那个读书的老头，而是降临在他身上的那个东西——可能他自己并不清楚：那是头凶猛狰狞的黑翅鸟身妖怪，它的爪子和利喙冰冷又坚硬，它会反复攻击你（他能感受到它在啄食他赤裸的腿部，在他年幼时，它也曾啄过这个地方），然后逃走，而他又会变回自己，一个悲伤地读着自己书的老头。他要杀的是那个怪物，他要拿刀刺向它的心脏。无论他做什么——（他眺望着灯塔和远处的海岸，觉得自己能做到任何事情）不论他是经商，从事银行工作，做律师，还是做某些企业的经理，他都要战斗，都要追捕并干掉它——他称它为暴行和专制——即让人们做他们不想做的事情，剥夺他们说话的权利。当他说"到灯塔去"的时候，他们谁能说"但是我不想去"呢？就这么干！去给我拿那个！黑色的翅膀伸展开了，坚硬的喙撕扯着什么。他又坐下读书了；他可能会抬头看——谁知道呢——竟然表现得非常通情达理。他可能会和麦卡力斯特父子聊天。詹姆斯想，他可能会在大街上把一个金币塞进某个冻僵了的老女人手里，他可能会在渔民的某项运动比赛中为他们助威呐喊，甚至兴奋得手舞足蹈。或者，他可能会坐在餐桌桌子的一头，从头到尾保持着沉默。詹姆斯思索着：是的，小船在炎炎烈日下随波漂荡。他想，究竟什么地方能有那样一块被积雪和乱石覆盖的荒原呢，荒凉、单调。近来，当他的父亲说了些令人震惊的话时，他经常会产生一种幻觉：荒原上有两对足迹，那是他和父亲的。只有他们熟悉彼此。那么，这种恐惧、憎恨是什么呢？他拨开心中积累的层层往事之树叶，朝密林深处凝视，光和影在其中交替变化，所有物体都扭曲了形状，他在其中跟跄而行，忽而烈日灼目，忽而黑影难辨，他想着一个形象，以此来冷静、分散自己，以有形的实体结束自己的感受。也许那就像一个幼童无助地坐在婴儿车里或某人膝上，看见一辆马车无意间轧碎一个人的脚？也许他先看见了脚，一只光滑而完好的踩在草地上的脚，然后，他看见了车轮，还是那只脚，却被轧得鲜血淋淋。但车轮是无辜的。此刻，当父亲在清晨大步流星地穿廊而过，敲门叫醒他们到灯塔去的时候，那轮子就轧过了他的脚，轧过了凯姆的脚，压过了每个人的脚。他只能坐在那里干瞪眼。

但是他看到的是谁的脚？所有这些事情又在哪个花园里发生呢？因为这类场景都得有些背景设定：那里长着树和花，有某种光线，几个人物。这些都设置在一个没有阴郁氛围、没有人指手画脚的花园当中，人们说话的语气稀松平常。他们全天出入其中。一个老妇人在厨房八卦；微风吹拂着窗帘；万物都在呼吸，万物都在生长；夜晚时分，就会拉起一层薄薄的黄纱，像葡萄叶一样笼罩在所有的碗碟和长长的、摇曳着的红色和黄色的花朵之上。万物此刻都更加静谧，更加黑暗。但那叶片般的薄纱如此轻绡，光都能将它掀起，声音都能让它起皱。透过这层薄纱，他能看见一个人影弯着腰，侧耳倾听，那声音忽远忽近，好像是衣裙窸窣声，还有项链的叮叮轻响。

正是在这个世界中，车轮轧过了那人的脚。他记得，有某样东西悬在他的头上，他被笼罩在阴影当中。它不肯远离，它在空中恣意舞动。就在那儿，某种干枯而锋利的东西降临在了那里，像一柄剑，一把弯刀，击穿了幸福世界里的树叶和花朵，使它们枯萎、坠落。

他记得父亲这样说："会下雨的。你不能到灯塔去了。"

那时，灯塔是一座银色的、看上去朦胧的塔。黄昏时分，塔身上柔和的黄眼睛就会突然睁开。而现在——

詹姆斯远眺灯塔。他望见那些被海水刷白了的岩石，那座灯塔僵硬笔直地矗立着。他可以看见塔身上的黑白纹路，他可以看见塔身上的窗户，他甚至都能看见在岩石上晾晒的衣服。这就是那座灯塔，对吧？

不对，那另外一座也是灯塔。因为，没有任何事物仅仅一件，另外那一座也是灯塔。有时隔着海湾，人们很难将它看得真切。黄昏时，你抬头望去，便会看见那只眼睛忽睁忽闭，那光似乎能照到他们的所在——凉爽又愉快的花园里。

但是他停止了思绪。每当他说"他们"或"一个人"的时候，之后就开始听到某人走过来时衣服的窸窣声，远去时项链的叮叮声，此时他会对出现在房间中的人变得极度敏感。现在，这个人是他的父亲。当时的气氛十分紧张。因为如果再过一会儿还没有风的话，那他的父亲就会"啪"的把书一合，抱怨道："现在怎么了？我们在这里磨蹭什么呢？"就像以前，有一次在平台上，父亲将剑砍向了他们母子，她顿时全身僵硬，那时要是手边有把斧子、刀，或任何带尖儿的东西，他都会抄起来刺向他父亲的心脏。他的母亲全身发僵，后来，挽着他的胳膊松开了，他便感到她不再听他讲话了。她不知怎的站起来走开了，只留他在那里，无能为力又滑稽可笑地攥着一把剪刀坐在地上。

没有一丝风。海水在船底扑通作响，三四条马鲛鱼在浅得没不住身子的水里拍打着尾巴。拉姆齐先生随时（詹姆斯几乎不敢看他）都会惊醒过来，然后把书一合，再说些不中听的话，但是此刻他仍在看书，于是詹姆斯就偷偷地接着回想：她的相貌，那天她去了哪里？他好像在光着脚偷偷下楼，生怕地板嘎吱一响惊醒了看门狗。从一个房间到另一个房间，他一直尾随着她，最后来到了一间满是蓝光的屋子，那光好像是从许多瓷盘上反射而来的，她在和某人聊天，他听见她说话。她在和一个仆人说话，想到什么就说什么。"我们今晚需要一个大盘子。它在哪儿呢——蓝色的那个？"只有她讲实话，他也只对她讲实话。也许这就是她对他有着永恒吸引力的根本原因，她是一个你能推心置腹地讲话的人。可是当他回忆的时候，始终都意识到他的父亲在跟随着他的思绪，尾随它，使它颤抖，使它犹豫。最后，他停止了回想。

他坐在阳光下，手放在舵柄上，凝视着灯塔，没有力气动弹，也没有力气拂拭一颗颗落在心头的充满悲伤的微尘。似乎有一根绳子将他捆绑于此，父亲把它打了个结，他若是想要逃，只能抄起一把刀子，把它刺进……但是就在那一刻，船帆慢慢转了过来，渐渐鼓起，那条小船似乎摇了摇身子，然后半睡半醒地起航了，之后它完全清醒了，乘风破浪而去。这份轻松出现得真是意外。他们似乎又疏离开去，各自舒畅，从船边斜抛下的渔线绷紧起来。但他的父亲并没有被惊扰。他只是神秘地抬高右手到空中，然后又让它放回膝上，好似在指挥一首交响乐。

9

[莉莉·布里斯科仍然矗立，远望海湾，她想，那海面纯净

无瑕。大海如丝绸般在延伸。距离有着异乎寻常的力量；她感受到他们被它吞没，将永远消失，归入大自然的一部分。它是如此沉静，如此安宁，轮船已然消失了，但那股烟仍悬在空中，像一面低垂的旗帜，惆怅地惜别。]

10

凯姆再次把手指放入海水中，她想，原来这就是这座小岛的样子。她以前从未在海上看到过它。它就那样躺在海里，中间凹陷，两边是陡峭的岩石，海水从凹陷处涌入，在岛屿两边无限延伸。岛很小，形似竖放的树叶，于是我们驾着一叶扁舟，她想，开始给自己讲述一个从沉船上死里逃生的历险故事。但当海水流过指缝，一丛海藻消失在了指后，她突然发觉自己并不想给自己编造一个故事，她需要的是历险和死里逃生的感觉。随着小船继续往前航行，她又想到，她的父亲因为她不懂罗盘方位而如何生气，詹姆斯如何固执地坚持盟约，还有她自己内心的苦恼，现在一切都悄然离去，顺流而去。那么，接下来是什么呢？他们要去哪里呢？那深深浸泡在海水中的冰冷的手上仿佛涌出了一股快乐的泉水，这源自心情的变化，源自能够逃生，源自冒险（她居然还活着，她居然在这里）。这股无意之中突然涌出的快乐泉水中溅起了水花，散落在她心中那朦胧黑暗的、昏昏欲睡的形体上；它们来自一个未被理解的世界，它们在黑暗中旋转，有时从这里或那里捕捉一丝光线——希腊、罗马、君士坦丁堡。虽然它很小，轮廓只似一片竖立的叶片，金光闪闪的海水涌入海湾，并在它的四周流动，她却坚信它在宇宙中也有立足之地——即使是这样的一个小岛，不是吗？她想，书房里的那些老先生可以告诉她答案。有时，她刻意从花园进到里面，就是为了窥视他们在里面干了些什么。他们在那里（和父亲坐在一起的可能是卡迈克尔先生或班克斯先生，又老又刻板），彼此相对地坐在低矮的扶手椅上。她从花园进来的时候，他们把面前的《泰晤士报》翻得唰唰作响，其中有某人关于基督的评论，或者在伦敦街头挖出了一头猛犸象遗骸的消息，或者对于伟大的拿破仑长成什么样的臆测，这些都乱七八糟地混在一起。然后，他们用洁净的双手（他们身着灰色衣服，身上有股欧石楠花的香味）把一张张报纸归拢在一起翻阅，跷着腿，偶尔还会说些什么。她为了显得不突兀，便会从书架上取本书，然后就站在那里，看看她父亲写的东西，只见他匀称整齐地从纸的一头写到另一头，偶尔咳嗽一声，或和对面的老先生简短地说上两句。她站在那里，手中的书摊开着，心想：在这里，你可以让任何思想都似水中的树叶一般随意延展，自在漂流；

如果你的思想能够在抽着烟的老先生和把《泰晤士报》翻得唰唰作响的老先生之间通过，那么它就是正确的。看着父亲在书房里写作，她想（现在是坐在船上），他是最可爱的，他是最具智慧的，他不自负，也不是个暴君。确实如此，如果他看见她在那里，读着一本书，他会像普通人一样柔声地问她：他有什么可以帮助她的吗？

她担心这个想法是错误的，只盯着父亲正在阅读的那本封面闪闪发光、有着鹬鸟蛋一样花纹的小书。不，他是对的。现在她看着他，她想大声对詹姆斯说。（但是詹姆斯此刻正盯着船帆。）他是一个爱挖苦人的畜生，詹姆斯会说。他老是把谈话扯到他自己和他的书上，詹姆斯会说。他的任性自大，简直令人难以忍受。最糟糕的是，他是一个暴君。但是你看！她说，看他一眼吧。现在你再看看他。她看着他盘腿读着那本小书；她熟悉那本小书的黄色书页，但是不知道上面写的内容。那本书的字体很小，而且字印得密密麻麻；她知道在书的衬页上，他记下了他曾为晚饭花费了十五法郎，买葡萄酒花了多少钱，给了侍者多少小费；他把所有的开销都清清楚楚地合计好，写在了页末。那本在他口袋里放得边角都卷了的书到底写了什么，她却不知道；他在想些什么，他们谁都不清楚。但他全情投入到那本书中，当他抬起头时，就像现在这样，并不是为了看什么，只是为了更准确地把握某些想法。一旦完成以后，他的思绪就又飞了回去，继续沉浸在阅读中。他读书的时候，她想，就像是在引领着什么东西，或是驱赶着一群羊，或是在一条狭窄的小路上不断攀登；有时，他走得又快又直，披荆斩棘一般，一路前行，有时，他又似被树枝打到，被荆棘阻挡，但他可不会让这些吓住；他会继续前进，翻过一页又一页。她则继续给自己讲述一个关于从沉船中死里逃生的故事，因为当他坐在那里的时候，她是安全的，就像当年她从花园蹑手蹑脚地走进房间时感觉安全一样，那时她从书架上拿下一本书，而那位老先生突然放下了手中的报纸，三言两语地评论着拿破仑的性格。

她回望海面，凝视着那座小岛。看见那片树叶的轮廓已然不再明晰。岛很小，十分遥远。现在大海比海岸显得更为重要。海浪在他们四周起伏翻腾，一根木头在浪涛的波谷中打滚儿，一只海鸥在另一个浪峰上飞翔。她用手指在海中玩水，心中思忖，这里曾沉没过一条船，她神情恍惚地呢喃着，我们都死了，各自孤寂地死去。

11

莉莉·布里斯科眺望着一片汪洋，蔚蓝的海面纯净无瑕，

它是如此柔和，帆和云镶嵌其中。她想，距离真是决定了许多
事情：我们对他人的感受，取决于他人离我们是远还是近；因
为随着他乘船在海湾中越来越远，她对拉姆齐先生的感情也有
了变化。它似乎被拉长了；他离她似乎越来越远。他和他的孩
子们似乎被那蔚蓝色的波涛和那段距离吞没了。但是在这里，
在草地上，就在手边，卡迈克尔先生突然打了一个呼噜。她笑
了。他从草地上抓起书，像海怪一样喘着粗气地再次坐到椅子
上。那感觉完全不同，因为他近在咫尺。此刻周围一片安静。
她猜想，这个时候他们一定都起床了，她看着房子，但是那里
毫无动静。不过，她想起来了，他们总是吃完饭就直接走人，
各忙各的事。这些正符合清晨时光的安静、空寂和虚幻的氛围。
她徘徊着，望着闪烁的长窗和袅袅蓝烟，心想，有时事物就具
有这种特性，它们会变得虚无缥缈。当你长途旅行归来或病后
初愈，在习惯尚未织好它们的网覆盖住事物表面之前，你也会
有这种虚无缥缈的感觉，这种感觉令人惊讶，你会感受到某样
东西浮现了出来。这时，生活最是生机盎然。你可以怡然自得。
幸运的是，你无须轻快地穿过草坪，去迎接从屋子里走出来找
地儿坐一坐的贝克威斯老太太，并且故作开心地和她打招呼：
"早上好啊，贝克威斯夫人！今天天气真好啊！你就这么坐在
太阳底下，不怕晒坏了吗？贾斯帕把椅子都藏起来了。让我去

给你找一把吧！"其他的闲言碎语也都免了。你根本不必说话。你抖动你的船帆（海湾里一片忙乱的景象，船只纷纷开始起航）悠然滑行于各种事物之间，将他们远远地甩在身后。海湾不再空虚，而是充实得要溢出来。她似乎深深地站在某种液体之中，在其间运动、漂浮、沉没，是的，这儿的水深不可测。已经有很多的生命倾注其中。拉姆齐夫妇的生命、孩子们的生命，还有许许多多流落飘零的生命——一个拿着篮子的洗衣妇，一只白嘴鸦，一根火红的拨火棍，紫色和灰绿色的花。似乎存在某种共同的感觉把一切容纳于此。

要是没记错的话，她十年前就站在这里，也许正是这种完满的感觉使她对自己说，她一定是爱上这个地方了。爱有万千般样子。也许有这样的恋人，他们具有筛选事物要素的天赋，把它们聚拢在一起，给予它们在自身的现实生活中不具备的完整性。他们把某些场景和人们的相遇（现在一切都消逝分散了）结合成一种实心的球体，思想在它的表面流连，爱情于其上嬉戏。

她的目光停留在已经变成棕色小点的帆船上。她想，午饭时分他们就能到达灯塔了。但是风更大了，天空和大海都有了些许变化，船变了位置，片刻前还似乎奇迹般地固定不变的景色现在已无法令人满意了。风吹散了烟雾，船的位置也让人有了不愉快之处。

海上不匀称的景象似乎颠覆了她心中的和谐。她感到一股莫名的悲伤。当她转向她的画时，这感觉更加浓烈了。她浪费了一早晨的时光。不知为什么，她无法在两股相对的力量之间找到有着鲜明分界线的平衡——拉姆齐先生和她的画，而这种平衡是必要的。她想，也许是画面的布局有不对的地方？会不会是围墙的线条需要间断？会不会是那一片树的颜色太浓了？她嘲笑着自己；她在开始作画时已经自以为是地把这个问题解决了吗？

那个问题是什么？她必须抓住那个逃避着她的东西。当她想到拉姆齐夫人的时候，它就溜走了。现在，当她想到自己的画时，它又溜走了。各种词汇、画面纷纷出现了。美丽的画面，美妙的词汇。但是她想要获取的正是那些刺激神经的东西，是变成其他东西之前的存在本身。她坚定地再次站在画架前，不顾一切地说道：抓住它，从头开始；抓住它，从头开始。人类的绘画设备和感知设备是效率低下的蹩脚机器，她心想，在关键时候它们总是掉链子，你必须勇敢地坚持下去。她凝视着画布，皱起眉头。她足够确定，那里就是树篱。但是苦苦的恳求却还是一无所获。盯着围墙的线条，回想起拉姆齐夫人戴着一顶灰色帽子，她最终的收获只是被愤怒的目光瞪了一眼。她美得惊人。她想，如果要来，就让它自己来吧。因为，有时你既不能思考，也不能感知。她想，如果你既不能思考，也不能感知，那么你在哪里呢？

在这儿，在草坪上，在地上，她想。她坐了下来，一边用画笔轻拨着一株车前草，一边察看着。草坪不是很平整。她坐在这儿，坐在这个世界里，她想。她心生一种无法摆脱的感觉，今早发生的所有事都是第一次，也许是最后一次，如同一个旅人，即便昏昏欲睡，在向车窗外张望时，却也明白自己现在非看不可，因为今生再也不会看见那个城镇，或是那辆骡车，或者那个在地里干活儿的女人了。她看着老卡迈克尔先生，觉得他似乎与她有着相同的感受（虽然这段时间里，他们两个一句话也没有说过）：这片草坪就是世界，他们一起攀登到了如此崇高之地。也许，她再也不会见到他了。他越来越老，名声却越来越大，想到这里，她看着那只吊在他脚上的晃来晃去的拖鞋，不禁笑了起来。人们说他的诗"十分优美"。他们甚至拿他四十年前写的作品出版。现在，有一个名人叫卡迈克尔，她笑着想道，一个人可以有多少种形象呢，在报纸上报道的是那样，但在这里他还是从前的模样。他样子没变——就是白发多了些。是的，他看上去还是那个样子，但是她记得有人说过，当卡迈克尔先生听到安德鲁·拉姆齐的死讯时（他被弹片击中后瞬间死亡。他本来可以成为一名伟大的数学家），他就"失去了生活中的所有兴趣"。这句话意味着什么？她思索着。他有没有拿着一支手杖，大踏步地穿过特拉法加广场？他有没有独自坐在自己圣约翰林的房间里，反复翻阅手中的书却只字未读？她不知道他知悉安德鲁的死讯时都做了什么，但她仍能感到此事对他的影响。他们只在楼梯上遇到时，会含糊地问候一下彼此，抬头看天，说说天气是好是坏。但她觉得这是了解人的一种方式：只有轮廓，没有细节，如同坐在自己的花园里，看着青紫色的山坡伸向远方的石楠丛。她就是这样了解他的。她知道他多多少少有一些变化。她从未读过他的一行诗。但她觉得自己知道他的诗念起来是怎样的感觉——它节奏舒缓，音调铿锵；它成熟老练，韵味十足。那是关于沙漠和骆驼的诗，是关于棕榈树和落日的诗。没有丝毫的个人情感，它涉及死亡，很少谈论爱情。他是一个超然淡泊的人。他对人的要求很少。他会用胳膊夹着报纸，还带着几分尴尬，蹒跚着走过客厅的窗口，他不是总会尽可能地避开拉姆齐夫人吗？不知为何，他不怎么喜欢她。正因如此，她老是让他停下脚步。他会对她鞠躬。他极不情愿地止步，然后会深鞠一躬。他无求于她，拉姆齐夫人对此有些烦闷，她会问他（莉莉仍能听见她的声音）需要外衣、小毯子，或是报纸吗？不，他什么也不需要。（此时，他会鞠躬。）他不喜欢她身上的某种品质。也许是她的专横，她的过分自信，还有她的讲求实际。她太直接了。

（一阵声响将她的注意力引至客厅的窗户——铰链的嘎吱声，微风与窗框在嬉戏。）

莉莉想，肯定有人特别不喜欢她（是的，她意识到客厅前的台阶上空落落的，但却对她毫无影响。她现在不需要拉姆齐夫人了）——人们觉得她太自信、太严厉。她的美貌也令人不悦。他们会说：她总是一个样子，太单调了！他们更喜欢另一种类型——肤色更深、性格开朗。而且，她在丈夫面前也太软弱了。她任由他大发脾气。她那时候也太过沉默。没人清楚她到底怎么了。而且（回到卡迈克尔先生和他对她的反感）没人能想象到拉姆齐夫人会整个上午站在草地上画画，或是躺在那里读书。这是难以想象的。她一句话也不说，胳膊上挎的篮子是她要出门办事的唯一标志，她会去到城里，去到穷人家里探望，坐在某间闷热的卧室中。莉莉时常见她在大家游戏或谈话到一半的时候挎着篮子，身体笔直地走开，默默地离去。她曾注意到她回来时的样子。她觉得既好笑（她摆放茶杯时是那么讲究）又感动（她的美令人窒息）地想：那些因痛苦而闭上的眼睛曾经注视着你。你曾经在那里与他们待在一起。

拉姆齐夫人会因为有人迟到、黄油不新鲜或者茶壶有缺口而发火。在她说黄油不新鲜的时候，你会想到希腊神殿，会想到美神曾经在那闷热的房间里和贫民待在一起。她从来不会谈及她去的地方——她就这样兀自地去了，准时准点：她的本能促使她去那里，就像燕子飞向南方，洋蓟朝向太阳，她的本能使她命中注定般地转向整个人类，在他们的心上筑巢。如同所有的本能那样，它让不具备这种本能的人心生不安，对卡迈克尔先生来言可能就是如此，对她而言则肯定如此。对于拉姆齐夫人行为的无效性与思想的崇高性，他们两人所见略同。她的离去对他们来说是一种责备，并且让世界朝着不同方向旋转，他们看到自己的偏见在消亡，于是他们不得不提出抗议，抓住在消亡中的东西不放。查尔士·塔斯莱也跟拉姆齐夫人一样：这是他令人讨厌的部分原因。他打破了别人世界的平衡。她一边慵懒地用画笔轻拨着车前草，一边回想他的遭遇——他得到了研究员的头衔；他结了婚；住在戈尔德格林住宅区。

　　在大战时间，她曾去礼堂听他过讲演。他在痛斥着某些事，谴责某些人。他在宣扬兄弟友爱。而她的感觉就是，他怎么可能会爱他的同胞呢？他不能分辨两幅画的异同，会站在她身后抽劣质烟丝（"五便士一盎司，布里斯科小姐"），并且自认有义务地告诫她：女人不能写作，不能画画。他这样说，不是因为他认为事实如此，只是莫名其妙地希望如此。他身材瘦削，在讲台上时满脸通红，声音沙哑，极力宣扬友爱（在她用画笔轻拨的车前草中，有许多蚂蚁在爬来爬去——充满活力的红蚂蚁，还挺像查尔士·塔斯莱的）。她坐在半数座位都空着的礼堂中，以嘲讽的目光看着他向冰冷的空间灌注友爱。顷刻之间，她的眼前浮现出了一只旧木桶，它随着海浪上下起伏，而拉姆齐夫人正在沙砾间寻觅眼镜盒。"啊，天哪！真讨厌！又丢了。别麻烦了，塔斯莱先生。我每年夏天都会弄丢上千个眼镜盒呢。"他一听到这话，就把下巴缩回，贴紧衣领，好像不敢苟同这种夸张的说法，但是他能忍受她这么说，因为他喜欢她。他很可爱地笑了。在一次远游后，当大家分开，各自回家时，他一定向她吐露了自己的心事。拉姆齐夫人曾告诉她，是他让他的小妹妹有机会念书。他这么做是非常值得赞扬的。莉莉非常明白，自己对他的看法很荒唐。她仍在用画笔轻拨着车前草。毕竟，一个人对别人的看法半数都是荒唐的，因为它们是为了服务于自身的私心。对于她来说，他是个代人受过的角色。当她生气时，她发现自己会在想象中鞭笞他瘦削的两肋。如果她想认真地对待他，就不得不借助于拉姆齐夫人的说法，借助她的眼睛来看待他。

她堆起一座小山，让蚂蚁去攀爬。她对蚂蚁小宇宙的干扰使它们处在不知所措的狂乱中，有的奔向这边，有的奔向那边。

她想：一个人需要五十双眼睛来观察。若要看透那个女人，五十双眼睛都不够。其中必有一双眼对她的美貌是完全盲目的。一个人最需要的是某种秘密感官，它飘逸如空气，可以偷偷溜入锁孔，在她坐着织毛线时、聊天时、独自静坐在窗前时把她包围起来，将她的思绪、她的想象、她的欲望独自珍藏，像空气容纳了轮船喷出的浓烟一般。树篱对她意味着什么？花园对她意味着什么？浪花四溅对她意味着什么？（莉莉抬起头，她看到拉姆齐夫人也抬起头，她也听见了波涛拍击海滩的声音。）还有当孩子们打板球，高喊着"怎么回事？怎么回事？"的时候，她的心中又有着怎样的悸动和震颤呢？她会暂时停住手里的活计。她看上去十分专注。然后她又会逐渐终止这种状态，突然，一直在踱步的拉姆齐先生在她面前站定，某种奇异的战栗会穿过她全身。当他站在那里低头看她时，这战栗会将她怀抱，使她极度紧张不安。莉莉此时仿佛可以看到他的身影。

他伸手将她从椅子上扶起。他以前好像也这么干过。他有一次好像也是这么弯腰，把她从船上扶下来，那条船离岸有好几英寸远，需要绅士们搀扶着女士们上岸。那是一幕老派的场景，它要求女士们穿着带有裙撑的长裙，绅士们穿着上宽下窄的陀螺形猎裤。拉姆齐夫人让他扶自己上岸时，心里想（莉莉推测），现在时机到了。是的，现在她要把话说出来了。是的，她愿意嫁给他。她从容优雅地上了岸。她可能只说了一个词，那时她的手仍握在他的手心里。我愿意嫁给你，她可能这样说，手仍在他的手心里，但不会有更多的话了。他们之间一次次地产生相同的悸动——事情显然是这样，莉莉用画笔给蚂蚁平整出一条道路时想道。她并不是在虚构杜撰，她只是在摊开多年前折叠起来的一件东西，一件她见过的东西。因为在崎岖不平、混乱不堪的生活道路上，周遭总是有许多的孩子，许多的客人，你有一种不停重复的感觉——感到一件东西掉落了，而另一件东西又掉落在了同一处，回声响起，空气震荡不已。

但是，她想着，将他们的关系简化对待或许是个错误，因为她想起了他们如何手挽着手走过暖房，她披着绿色的披肩，他的领带飞舞着。他们的关系绝不是单调平静的幸福——她冲动性急，他易怒忧郁。啊，绝对不是。清晨时分，卧室的门会被摔得砰砰作响。早餐时，他在桌上就开始发脾气。他会嗖的一声把盘子从窗口扔出去。于是整个房子就会充斥着摔门的砰砰声和百叶窗的啪嗒声，如同有狂风袭来，人们急匆匆地四处奔走，设法关紧门窗，使一切恢复秩序。有一天，她在楼梯上遇见保罗·雷莱时，当时的情况就是这样。他们如同两个孩子一般笑个不停，那次的混乱仅仅是因为拉姆齐先生吃早饭时在牛奶里发现了一条蠼螋，于是他把杯子和牛奶都扔到了外面的平台上。"一条蠼螋，"保罗惊叹地嘟囔着，"在他的牛奶里。"别的人还可能会发现牛奶里有蜈蚣呢。但是拉姆齐先生为自己搭建了一道神圣的围栏，威严的做派时刻占据着他自己的世界，以至于牛奶里的一只蠼螋也成了不速之客、一头怪物。

但是，盘子嗖嗖地飞出窗外和门窗的砰砰撞击声，这些着实让拉姆齐夫人筋疲力尽，也使她有点恐惧。有时，他们之间会出现很长时间的僵持与沉默，此时她的心绪既哀怨又愤恨，这使莉莉心里很不痛快。拉姆齐夫人此时似乎无法从容地克服风暴，或如他们一样付诸一笑，她的厌倦之中好像隐藏着什么。她坐定沉思，不一会儿，他会不声不响在她身边停留——在她坐着写信或聊天的窗下徘徊，因为当他走过时，她会有意忙些事情，躲开他，佯装没看到他。然后，他就会变得如丝绸般温柔，和蔼友善，彬彬有礼，努力赢得她的欢心。她还是不让他接近，会暂时拿出与她的美貌相符的傲气和矜持，实际上她就不是这样的人。她会转过头去，看着身后总是围绕在她身边的敏泰、保罗，或者威廉·班克斯。最后，守在这群人外边的，如同饥饿的猎狼犬的那个身影（莉莉起身离开草地，看着台阶、窗户，她曾在那里看见他），他会叫她的名字，只叫一次，像一头在雪中嗥叫的狼，但她依旧不许他接近，然后他会再叫一次，这一次，他的声调中的某些东西唤醒了她，她会朝他走去，突然把他们大家都抛下，他们俩会一起走开，在梨树、卷心菜和木莓丛间漫步。他们会一起把矛盾解开。但是，他们是用何种态度，何种语言呢？他们的关系中有着这样一种尊严的气氛，会促使她、保罗和敏泰转过身去，掩盖住他们的好奇和不自在，开始摘花、扔球、聊天，直到晚饭时，他们两个又如往常一般，他坐在桌子的一头，而她坐在另外一头。

"为什么你们没人从事植物学研究？……你们都四肢健全，为什么一个都没有……？"于是，他们和孩子们就和平常一样说笑着。一切都会和平时一样，只是在他们之间偶尔会掠过一丝颤动，好似刀刃划破空气，好像经过那一小时在梨树和卷心菜之间的漫步后，孩子们坐在那里喝汤的寻常场景，在他们眼中也变得鲜活新奇了起来。拉姆齐夫人会格外留意地看普鲁一眼，莉莉想。她坐在兄弟姐妹中间，似乎一直在忙碌着，确保不要出任何差池，因此她自己很少说话。为了牛奶里的那条蠼螋，普鲁一定很自责！拉姆齐先生把盘子扔出窗外时，她的脸色是那样苍白！在她父母长时间的沉默中，她该有多么消沉啊！无论如何，她的母亲现在似乎在补偿她，向她保证一切安好，承诺她，未来有一天她也会有相同的幸福。可惜，这种幸福，普鲁只享受了不到一年的时间。

莉莉让花从篮中掉落，她想象着。她眯起眼睛，退后站定，好像在看自己的画，然而她并没有在画，她所有的感官都在恍惚的状态之中，她的外形已然被冻结，但内心的思绪却在极速活动着。

她任由花从篮中掉落，滚落、散布在草地上，然后她带着勉强而犹豫的心情离开了，但没有任何疑问和抱怨——她不是有着绝对服从的本事吗？田野和山谷里一片白色，处处撒满了花朵——她原本可以这样把它描绘出来的。群山质朴严峻，其上巉岩陡峭。海浪拍击着下面的岩石，发出沙哑的声音。他们三个人走在一起，拉姆齐夫人在前面走得飞快，她好像在期望着在拐角碰见什么人。

突然，在她凝望的窗子后面，隐约晃动着白色的人影。终于有人进入客厅了，有人坐在那把椅子上。上帝保佑，她祈祷着，让他们坐着别动，不要乱跑出来和她说话。不管他是谁，幸亏他一直坐在里面，而且他所在的位置碰巧在台阶上投下了一个奇怪的三角阴影。这微微改变了画面的布局。这非常有趣。可能很有用。她的兴致又上来了。一定要全神贯注地看着，一刻也不能放松自己情感的强度，要有不能被阻挠的决心，不能让任何东西迷惑。必须抓住这个景象——像这样——用老虎钳把它紧紧钳住，不要让任何东西进来破坏它。她一边不慌不忙地用画笔蘸颜料，一边想道：你必须与普通的日常经验处在同一水平上，简简单单地去感受那是把椅子，这是张桌子，而同时，你又会发觉，这是个奇迹，这是一种狂喜。这个问题终究是可以解决的。哎，但是发生了什么事情呢？一阵白浪从窗户的玻璃上掠过。一定是空气的流动引起了房间里的骚动。她的心朝她猛扑过来，抓住了她，折磨着她。

"拉姆齐夫人！拉姆齐大人！"她喊叫着，感到旧时的恐惧又重现了——不断心生希冀，却不曾拥有。她还能克制那种恐惧吗？后来，她仿佛平静地克制住了自己，这种情绪成为普通的生活经验的一部分，和椅子、桌子处在了同一个水平上。拉姆齐夫人——那个身影是她善良品德的一部分——就那样坐在椅子里，舞动着手中的毛衣针，织着她的棕红色袜子，她的影子映照在台阶之上。她就坐在那里。

她似乎有什么东西必须要与人分享，然而她又不能离开她的画架。她心里满是她的所思所见。莉莉手握画笔，走过卡迈克尔先生，来到草坪的边缘。那条船现在在哪里？拉姆齐先生呢？她需要他。

12

拉姆齐先生快要看完那本书了。他的一只手一直停留在书页上，似乎准备读完一页立刻就翻过去。他坐在那里，光着脑袋，海风吹拂着他的头发，全身暴露在阳光之下。他看起来老态龙钟。詹姆斯看着他的脑袋，一会儿被灯塔衬托，一会儿又被奔向宽广大海的大片海水衬托，看上去像躺在沙滩上的苍老的石头。他看上去好像已经把存在于他们两个人心中的感觉——那份对他们来说是万物之真理的那种孤独感——化为有形的躯体。

他读得飞快，他好像热切地想要看完它。他们此刻离灯塔非常近。它赫然耸现，僵硬笔直地站在那里，黑白分明，你可以看见波涛撞击着岩石，迸裂出如碎玻璃一般的白色残片。你可以看见岩石上的线条和折缝。你可以清楚地看见灯塔上的窗子，其中一扇上还粘着小片的白纸，岩壁上附着一小丛青苔。一个人走了出来，用望远镜看了看他们，又进去了。原来是这个样子，詹姆斯想，这些年隔着海湾一直眺望的灯塔，其实只是一座站立在赤裸岩石上的僵直的孤塔而已。它是让他满意的。它使他确定了自己性格中某种模糊的感觉。他想到了家里的花园。想起那些老太太们拽着椅子在草坪走。比如说贝克威斯老太太，她总说它多么好，多么可爱，他们应该感到特别自豪与幸福。可事实却是，詹姆斯看着矗立在岩石上的灯塔，心里觉得它也不过如此。他看着父亲蜷着腿，急不可耐地看着书。他们俩都有一样的感觉。"我们在大风中航行——我们注定要沉没。"他以半低的声音开始自说自话，与他父亲说此话时一模一样。

似乎好久没有人说话了。凯姆厌烦了看海。小片的黑色木块漂浮而过，养在船底的鱼死掉了。她的父亲还在看书，她和詹姆斯彼此看看，他们曾发誓要和暴君战斗到死。他对他们的想法毫不知情，只是继续看书。这就是他逃避的方式，她想。是的，他那宽大的前额，大大的鼻子，被那本花纹斑驳的小书严严实实地挡住了，他以此逃避着。你可能想尝试抓住他，但是他却像一只小鸟，展开了它的双翅，飘然飞到你无法企及的地方，最终停在一株荒凉的树桩上。她凝视着一望无际的大海。那座小岛已经变得格外渺小，以至于它看起来不再像是一片叶子，而像一块石头的尖顶，大些的浪就能够将它覆盖。然而在这脆弱之上却包容了那些小路，那些平台，那些卧室——那些数不尽的东西。但是，如同一个人入睡前的状态，一切事物都简化了自身，在无数的细节中，只有一个细节有能力凸显自己，当她昏昏欲睡地看着小岛时，她发觉那些小径、平台、卧室都在隐没消失，唯有一只浅蓝色的香炉在她的脑海中有节奏地摇摆着。这是一个悬在空中的花园；这是一个山谷，其间到处是小鸟、鲜花和羚羊……她渐渐睡着了。

"来吧。"拉姆齐先生突然把书一合，说道。

　　来哪里？要去经历什么不同寻常的冒险呢？她惊醒了。在何处登陆，攀爬到何处？他要把他们引导到哪里？因为在许久的沉默之后，他的话语吓了他们。但这是荒谬的。他说他饿了。是时候吃午饭了。除此之外，他又说："看吧，那就是灯塔。我们就要到了。"

　　"他干得非常好，"老麦卡力斯特表扬詹姆斯道，"他把舵很稳当。"

　　但他的父亲从来不会表扬他，詹姆斯反感地想。

　　拉姆齐先生打开纸包，把三明治分发给大家。和这些渔民一起吃着面包和起司，他很开心。詹姆斯看着他用小刀把起司切成黄色的薄片时，心里想：他倒是很愿意住在一个小木屋里，在码头上闲逛，和别的老头儿一起嬉笑怒骂。

　　凯姆剥着熟鸡蛋，心里不断想着：这就对了，就是这样。她此刻的感觉和当时在书房里看老先生们读《泰晤士报》时是一样的。她想着：现在我可以继续思考我喜欢的东西了，不会摔下悬崖或被淹死，因为他就在那里，看护着我。

　　与此同时，令人兴奋不已的是他们正沿着礁石急速航行，仿佛他们在同时做着两件事情：他们在阳光下吃着午餐，同时他们又在风暴中从沉船里逃生。淡水够吗？食物供应够吗？她问自己，给自己讲了一个故事，但同时也清楚地明白真实情况如何。

拉姆齐先生对老麦卡力斯特说，他们很快就会摆脱这些，但是他们的孩子还是会看到一些奇怪的事情。老麦卡力斯特说，他在去年三月时已经七十五岁了，拉姆齐先生已经七十一岁了。老麦卡力斯特说，他从没看过医生，连一颗牙都没掉过。我希望我的孩子们也这样生活——凯姆确定她的父亲在心里是这么想的，因为他阻止她把一块三明治扔进海里，并且告诉她如果不想吃就应该把它放回纸包，好像他时刻没有忘记渔民和他们如何生活。她不应该浪费。他这话说得非常睿智，好像他对世界上发生的所有事情都知之甚详，她马上就把三明治放回纸包。随即，他从自己的纸包里拿了一块姜汁饼干给她。他此刻好像一位伟大的西班牙绅士，她想，正在把一朵鲜花献给窗前的一位淑女（他是那么彬彬有礼）。但是他衣衫褴褛，其貌不扬，吃的是面包和起司，然而他引领着他们进行着一场伟大的探险，他们将会被淹没，虽然她知道这不过是幻想。

"那条船就是在那里沉没的。"老麦卡力斯特的儿子突然说道。

"三个男人就淹死在我们此刻所在的地方。"老渔夫说。他亲眼看见他们紧抱桅杆。拉姆齐先生瞄了一眼那个地方，詹姆斯和凯姆唯恐他会大声吟诵：

但是我曾经处在更为波涛汹涌的海中。

他要是真那样干了，他们可真没办法忍受，他们会大声尖叫，他们无法忍受他胸中沸腾的激情再次喷发，但是让他们惊讶的是，他只说了声"啊"，仿佛在思忖：干吗要这么大惊小怪呢？风暴中有人淹死是寻常的事情，这是显而易见的事情，而海底深处（他把包三明治的纸袋中的碎渣撒在了海里）毕竟只是海水。然后他点燃了他的烟斗，拿出怀表。他聚精会神地看着表，他可能在做数学计算。最后他得意地说：

"干得好！"他称赞詹姆斯掌舵的样子像个天生的水手。

听听！凯姆默默在心中对詹姆斯说。你终于得到了。因为她知道这正是詹姆斯一直想要的，她知道现在他得到了，他是如此高兴，以至于他故意不去看她，也不看他的父亲或是任何人。他手握舵柄，身体笔直地坐着，绷着脸，微皱着眉头。他高兴极了，甚至不愿任何人带走一丝他的喜悦。他的父亲表扬了他。他们一定以为他对此满不在乎。但是我知道你现在如愿以偿了，凯姆想。

他们逆风转变航向，此刻正在急速前进，轻快地在浪头上颠簸，海浪以明快的节奏，欢愉地托着他们绕过暗礁，把他们从一个浪尖推上另一个浪尖。在船的左侧，一排棕色的岩石露出海面，海水逐渐变浅，也变得绿了些，海浪不断撞击着其中一块较高的岩石，浪花飞溅，迸出一小股水珠，如细雨般喷洒而下。你可以听到海浪的拍击声，水珠落下的滴答声，以及海浪翻腾着拍击岩石时发出的低沉的嘶鸣与吼叫，好像它们是一群自由自在的野兽，会永远这般自在地翻腾打闹。

此时，他们能看见灯塔上有两个人正看着他们，并准备迎接他们。

拉姆齐先生扣上外衣扣子，把裤腿卷起来。他拿起南希草率准备的那个棕色纸包，把它放在了膝盖上。他做好了登陆的所有准备，坐在那里回头看看小岛。他的那双远视的眼睛也许能清楚地看见那变小了的树叶形的小岛，正竖立在一只金色的盘子上。他能看见什么？凯姆思索着。于她而言，眼前只是一片模糊。他此刻想些什么？她思索着。他这么坚定地、这么热切地、默默地找寻的是什么呢？他们看着他，两个人都看着他，他光着头坐在那里，纸包放在膝上，凝视着隐隐的蓝色物体，它像是什么东西燃烧后气化而成的青烟。你想要什么？他们俩都想问。他们俩都想说，无论你向我们要什么，我们都会给你。但是，他没有向他们要任何东西。他坐在那里凝望着岛屿，可能在想：我们灭亡了，彼此孤零零地灭亡；或许他在想，我到达了，我找到了。但是他没有说一句话。

他戴上了他的帽子。

"拿上那些纸包。"他说，朝南希给他们预备好带上灯塔的东西点了点头。"那些是给守塔人的纸包。"他说。他起身站在船头，身形笔直高大。詹姆斯想，仿佛听见他在对世界宣布："世界上根本没有上帝。"凯姆却觉得，他仿佛跃入太空——当他似年轻人般抱着纸包轻快地跳上石头时。于是，他们俩都站起身，跟在他身后。

13

"他一定到了。"莉莉·布里斯科大声说道，突然，她觉得精疲力竭。因为灯塔几乎看不见了，彻底融入一片蓝色的薄雾中，她既努力看清灯塔，又努力想象他在那里登陆的场景——两者似乎是一回事——这些已使她的身心紧张到了极点。啊，但是她此刻释怀了，因为，那天早晨他离去时她想给予他的那样东西，现在她终于给了他。

"他上岸了，"她大声说道，"结束了。"这时，老卡迈克尔先生猛然起身，轻喘着站在她的身旁，看上去像个衰老的异教之神，乱蓬蓬的头发上还夹带着野草，手握三叉戟（只是一本法国小说）。他挨着她站在草坪的边缘，微微摇晃着肥胖的身躯，用手遮住眼睛上方，说道："他们已经登陆了。"她觉得自己是对的。他们无须交谈。他们想的是同样的事，不用她问，他就给了她答案。他站在那里，把双手摊开，仿佛要遮蔽人类所有的弱点和苦难；她觉得他在宽容地、同情地审视着人类的最后命运。此刻，他已经宣布这个重大的场面已圆满结束，她想；当他的手慢慢落下，她仿佛看到他让一个紫罗兰和常春藤编成的花环从高处落下，花环慢慢飘落着，最后落在了地上。

她好像忽然感觉到那边有东西在召唤她，于是迅速转向她的画布。它在那儿——她的画。是的，它的绿色和蓝色，它纵横交错的线条，以及它试图表达的意义。她想：它会被挂在阁楼上，它会被毁坏。她问自己，但是那又有什么关系呢？她再次拿起画笔。她看着空荡荡的台阶，她看着一片模糊的画布。她带着突如其来的激情，仿佛刹那间看清了眼前的景象，她在画布的中央画了一条线。画好了，结束了！是的，她在极度疲乏中放下画笔，想道：我终于画出了我心中的景象。